後宮の星詠みの巫女

皇太子争いに負けたい第七皇子との偽装結婚

小　早　川　真　寛

M A H I R O　K O B A Y A K A W A

一迅社文庫アイリス

CONTENTS

皇帝の妃
皇后
第一皇子、第四王子、第六皇子の母。
淑妃
五年前に病没している第二皇子の母。
賢妃
第三皇子、第五皇子、第七皇子の母。
朱琳《シュリン》
楊家の二女。
兄・朱雀のふりをして戦場で活躍し、
軍師にまでなりあがった活発な少女。
怪我を負って退役してから始めた花嫁修業は
何一つ身についていないが、姉の口添えで
永慶と結婚することになってしまった。

後宮の星詠みの巫女《こうきゅうのほしよみのみこ》

皇太子争いに負けたい第七皇子との偽装結婚

CHARACTERS

皇子達の妃

エレナ
西国の聖女である第一皇子の妃。

朱霞《シュカ》
朱琳の姉である第二皇子の妃。

翠玉《スイギョク》
礼部尚書の娘である第三皇子の妃。

蘭琴《ランキン》
宰相の娘である第四皇子の妃。

昭賢《ショウケン》
度支尚書の娘である第五皇子の妃。

香梅《コウバイ》
金朝国の公主だった第六皇子の妃。

玉児《ギョクジ》

実家から付き添ってくれている朱琳付きの侍女。突飛な行動をする朱琳のお目付け役でもある。

永慶《エイケイ》

第七皇子。朱琳の夫となった青年。星や月の動きを観察し記録する太史官であるため、星ばかりを見ている「落ちこぼれ皇子」と言われている。

星詠みの巫女

星を詠み、天からのお告げを聞ける巫女のこと。皇帝を選ぶと伝えられている。その巫女が現在は皇后が星詠みの巫女を担っている。

星詠みの巫女の選抜試験

皇后が七人の皇子の妃達の中から、次期星詠みの巫女を決めるために行う試験。七人の妃の中から選ばれた次期星詠みの巫女の夫である皇子が皇太子となることが決まっている。

イラストレーション◆くにみつ

序章　星の廻りあわせ

月明かりだけを頼りに歩く獣道は、騎兵である斉照《セイショウ》には、ひどく心許《こころもと》なかった。いつもならば、太い街道筋を馬で駆け抜けているからだ。訓練された馬は、騎手である斉照に大人《おとな》しく従ってくれたが、それでも斉照の不安を察してかどこか居心地が悪そうだった。

「本当に、この道でいいんでしょうね？」

先刻から何度も聞いたその質問を口にすると、目の前を進んでいた上官であり軍師・朱雀《シュジャク》が「あぁ」と小さく頷《うなず》いた。まるで少女のような上官の小さな背中が、斉照の不安をさらにかきたてる。

斉照は、本来ならば明日《あす》の決戦に備えて、本陣の警護にあたる予定だったのだ。だが、何か異変はないかと、少し持ち場を離れてあたりを見回したのが運の尽きだった。たまたま立ち寄った本陣幕の裏で、将軍と朱雀の会話を盗み聞きすることになったのだ。

「行かせてください」

あたりをはばかってか、朱雀の声は抑えられていた。だが、鬼気迫る響きがあり、斉照は、その場で足を止めていた。

「行くな、と言ってもお前さんのことだから行くんだろ？」

朱雀とは打って変わり、呆れたようにそう言ったのは、将軍だった。

「確かにお前の『お告げ』で、我が軍は何度も救われたが……」

将軍はそう言って、頭を乱暴にかく。ほとほと困っているといった様子だ。

これは決して公にはされてこなかったが、禁軍第三師団は、朱雀の進言で軍を何度も動かしていた。

「南方から攻めた方がいい」

「こっちの谷は通らない方がいい」

朱雀の策は、いつも漠然としていた。そして、それはどんな兵法書にも書かれていないような奇策だった。だからこそ、歴戦の将軍や軍師も首を傾《かし》げ、当初は無碍《むげ》にされ続けていた。

だが、その進言は毎回的確で、軍は何度も朱雀の策に窮地《きゅうち》を救われることになった。第三師団の中で朱雀の策を「策」とは呼ばずに、『お告げ』と呼ぶようになったのは、朱雀が軍師を拝命した頃《ころ》だろう。

「決戦の日の出まであと数刻だ。今から軍を回すなんて、できんよ」

これまでの経験から、将軍も朱雀の言うことを聞くべきなのは頭では理解しているのだろう。

だが、決戦まであと数刻もない。もし、朱雀の言うように軍を動かせば、横から敵に狙《ねら》い撃ちにされかねない。もう少し早く『お告げ』を出してくれていれば……、と将軍は自分の顔が微《かす》かに強張《こわば》るのを感じた。

「いえ、軍ではなく十数人……、いえ、腕が立つ兵が五名いれば足ります」

「なるほど……」

将軍は、何かを思案するように宙を睨《にら》んだ。その先に、斉照がいたのだ。

「ちょうどいい。お前、斉照だな」

斉照は、呼びなれない名前で呼ばれて思わず背筋が伸びるのを感じた。斉照の父は、禁軍の第一師団の将軍だ。そのため、その父を知る人物は、斉照を「李《リ》のところの坊」や「坊」と呼んでいた。親しみを込めた呼び方なのだろうが、斉照は、そう呼ばれる度に苛《いら》立《だ》ちを覚えないわけがなかった。

将軍も斉照を呼び止める時は「坊」とだけ呼ぶのが普通だったが、あえて名前を呼ばれたことに斉照は、気味悪さを感じた。勿論《もちろん》、斉照は、顔に出さずに無言で駆け寄る。

「お前のところの騎兵、動かせるな?」

斉照は「はっ」と短く返事をし、その場で跪《ひざまず》く。

「騎兵十五、これだけだ。今、動かせるのは」

いいな、と将軍が振り返ると、朱雀は涙ぐみながら嬉《うれ》しそうに小さく頷いた。

「こんな抜け道、地図に書いてあるんですか？」

斉照は、そう言いながらさりげなく朱雀の手元を見たが、その瞬間言葉を呑《の》んだ。朱雀の手には白紙の紙が握られていたからだ。詳しく話してもらえないだけで、何かしらの目的地があると思っていたのだ。だが、何も策がないと分かり、斉照は、先ほどまでの不安が怒りへと徐々に変わっていくのを感じた。

「逃げるつもりですか」

押し殺したようにそう尋ねた斉照の質問に、朱雀は大きくため息をつく。

「逃げるなら、一人で逃げるさ」

確かに……、と内心同意しかけるが、斉照はさらに言葉を続ける。

「敵は北方の蛮族で、ここらの森の一部も根城にしています。逃げるにしても、一人では命がないと考えた可能性もありますよね」

「本気で言っているのか？」

朱雀は呆れたように小さく笑うと、斉照の肩を軽く握りこぶしで叩《たた》いた。

「敵への備えは万全だ。明日は、きっと勝つ」

まるで未来でも見てきたかのような真《ま》っ直《す》ぐな朱雀の瞳《ひとみ》に見据えられ、斉照の中で広がっていた怒りが不思議と薄れるのを感じた。

「これはね、本当は一人で行くべきだったんだ」

朱雀は再び、斉照に背を向けて馬を進めると、そう呟《つぶや》いた。

「だけど、私の細腕じゃ、力不足だ」

そう付け加えた朱雀の言葉は、ひどく弱々しかった。斉照は、責めている自分が悪者になったかのような錯覚にとらわれる。

「この先に、何があるんです？」

「それが分かれば、私も苦労しない」

朱雀は肩をすくめると小さくため息をつく。

「理由や根拠、将来に起こることがはっきりと説明できればいいんだが……」

朱雀は、目の前に広がる暗闇《くらやみ》を見据えながら、よい例えがないか思案し始めた。少し間をおいて「家路かな」と呟いた。

「家路？」

とんでもない例えに斉照は、小さく噴き出す。だが、自分が荒唐無稽なことを言っていることを自覚している朱雀は気にした風もなく言葉を続けた。

「そう。慣れ親しんだ家に帰る時って、特に何も考えないでたどりつけるだろ？　勿論、いつもと違う道に足を向けても、自然と家路へと足が向かい最終的に行き着く場所は家だ」

斉照は、まだ納得していなかったが「なるほど」と小さく頷く。

「今回もそうなんだ。理由は分からないけど、行かなければいけないし、行かないわけにもいかないんだ」

朱雀は、それに、と呟いて大きくため息をついた。

「今回は、これまでとは全然違うんだ」

「違いがあるものなんですか？」

斉照は驚いたように、朱雀の整った横顔をまじまじと見つめた。男にしては長すぎるまつ毛が月明かりに照らされて、斉照は不覚にもドキリとしてしまった。

そんな斉照に気づいていないのか、朱雀は、ああ、と力強く頷いた。

「絶対に行かなければいけない、という強い何かがあるんだ。もし、将軍から派兵の許可をもらえなければ、それこそ脱走の汚名をこうむってでも一人で、軍を抜け出していたよ」

朱雀本人もほとほと困っている様子に、斉照はようやく納得することにした。いや、納得していなかったが、納得しようと決めたのだ。

「『お告げ』が聞こえるっていうのも、大変なんですな」

「ほんと……。止まって」

朱雀は小さく叫びながら遮るように、斉照の前にサッと腕を突き出した。

「あれだ」

朱雀の視線をたどると、そこには街道を行く牛車《ぎゅっしゃ》と警護する数名の兵士の姿があった。

「この地の領主……、いや、あれは『唐車《からぐるま》』？」

半ば悲鳴のような声を斉照は上げる。唐車は、皇帝の一族もしくは宰相のような高官しか乗れない牛車だからだ。

「唐車にしては、護衛が少ないな」

朱雀の疑問に、斉照も深く頷いて同意した。通常ならば、唐車の護衛には、数十名の騎兵が警護につく。それほど、高貴な人物が乗るものなのだ。

「こんな時間に、辺境の地をうろうろしているのも変ですね」

街道があるといっても、あくまでも軍と敵国の軍が衝突するような辺境の地だ。隣国の兵だけではなく、夜盗が現れても不思議ではない。

「でも、当たりましたね……。『お告げ』」

斉照は、疑っていたことに対する謝罪も込め、感心したように呟いた。だが、朱雀の表情は硬いままだ。

「何事もなければいいんだが……」

朱雀は、そう言って自分の眼下を牛車が通り過ぎるのをジッと待っていた。

次の瞬間、砲撃のような音が山の中から打ち上げられ、一瞬、辺りが明るくなる。それを合図にするように、山肌から黒装束に身を包んだ男達が十数名、現れる。

「嘘《うそ》だろ……」

唖然《あぜん》とする斉照を後目《しりめ》に、朱雀は馬を街道へと走らせる。そこに道はなかったが、朱雀には迷いがなかった。

木々を縫うようにして駆ける朱雀の姿に、あっけにとられた斉照らだったが、少しすると慌てて朱雀の後を追った。

「唐車を守ればいいんですか？」

ようやく追いついた斉照は、必死で聞くが朱雀は「違う！」と短く叫ぶ。

「あの頭巾《ずきん》の男だ」

朱雀は、短くそう言い放つと牛車の後方を指さす。だが、牛車を護衛する人間は一様に頭巾を目深に被《かぶ》っていて、斉照には、その違いが分からなかった。

「禁軍第三師団が、助太刀《すけだち》いたす！」

街道に出た瞬間、朱雀は、腰の剣を引き抜くとそう声高に叫んだ。少女のようなか細い声だったが、黒装束の男達に一瞬、動揺が走ったのは、追いついた斉照にも伝わった。

黒装束の男達は、一瞬退路を確認する様子を見せたが、いつまでたっても「禁軍第三師団」の大軍が現れないことに気づいたのだろう。再び牛車をめがけて走り出す。

「殿下をお守りしろ！」

護衛の兵は、そう言って牛車を囲むが、朱雀は馬を後方に走らせる。

その行動に何の迷いもなかった。

だからこそ、山から射られたであろう矢が、護衛の一人に当たろうとした瞬間、朱雀はその間に体を滑り込ませることができたのだ。背中に矢を受け、苦痛をあらわにする朱雀だが、さらに追い打ちをかけるように黒装束の一人が大剣を朱雀に降り下ろした。

朱雀の背中から鮮血が飛び散った瞬間、ようやく追いついた斉照が持っていた槍《やり》を突き出し、相手の黒装束の男を打ち取った。

「朱雀様！」

ゆっくりと馬から落ちる朱雀を受け止めようと、斉照は手を伸ばすがわずかに届かない。そんな朱雀を抱きとめたのは、護衛の男だった。

「すまない！」

そう言って今にも泣きそうな顔をする護衛に、朱雀は、力なく微笑《ほほえ》む。

「お怪我《けが》はありませぬか？」

弱々しい朱雀の言葉に、護衛は「大事ない」と頷く。

「よかった」

朱雀は、役目を終えたと言わんばかりに、微笑みながら静かに目を閉じた。朱雀が目を閉じた先に、神々しくひかる赤気《あかきしるし》が出ていたことに、気づいた者は誰《だれ》もいなかった。

第一章　星辰《せいしん》の縁《えにし》

私は、目の前を覆う蓋頭《がいとう》を軽く持ち上げながら、窓の外に視線を送った。視線の先には暗闇《くらやみ》の中にくっきりと浮かび上がる大きな黒い塔がある。

「朱琳《シュリン》様っ……！　蓋頭をお戻しください。婚儀が終わるまで、蓋頭で顔を隠しておくのがしきたりでございます」

慌てて私にそう叱責《しっせき》したのは、側《そば》に控えていた侍女・玉児《ギョクジ》だ。玉児は、お母様付きの侍女だったが、今回私が後宮へ行くことになり、侍女として付き添ってきたのだ。

玉児が、必死で私の手元を押さえようとするので、その必要はないと軽くその手を払ってやった。

「いい？　玉児、戦場でこんなもん被《かぶ》っていたら即死だよ？」

結婚前に花嫁の素顔をさらさないために被る蓋頭。相手にも顔が分からないと同様に、被っている本人の視界もほぼ奪われてしまう。

「お嬢様!!　『戦場』のことなど、誰かに聞かれていたら、どうするんです！」

玉児の声は叱責から悲鳴に近くなる。

「お嬢様が、兄上の朱雀《シュジャク》様の身代わりとして、戦場に行かれていたことは楊《ヨウ》家でもごく一部の者しか知らない事実」

玉児はワナワナと震えながら私の蓋頭を勢いよく戻した。その乱雑な手つきから『これ以上、余計なことをするな』という助言すら聞こえてくるようだった。

「でもさ……。全然、来ないでしょ？　少しぐらいいいと思うのよ」

黒い塔の全貌《ぜんぼう》が気になり、私はそう言って窓の側にゆっくりと立つ。既に夫婦の寝室に通されてから、一刻が過ぎていた。基本的にこらえ性のない性格だとは自覚していたが、さすがに部屋の中央にある寝台の上で、何もせずに座って待っているには手持ち無沙汰すぎた。

「第七皇子――」

ここに来るまで、ずっと夫のことを私達は『第七皇子』と呼んでいた。現皇帝の末の皇子である第七皇子と今日、私は結婚した。

夫を『第七皇子』と呼び続けるのは不自然だと感じ彼の名前を口にしてみた。

「永慶《エイケイ》様」

名前を口にすることに、もっと違和感を覚えると思っていたが、意外にもその名前は私の口からすんなりと飛び出してきた。それに気をよくして、私は再び彼の名前を口にしてみる。

「永慶様は、ずっと、ご結婚されることを嫌がっていらっしゃったんでしょ？」

「──と、私も聞いております」

玉児の返事は歯切れが悪かった。我が家の使用人である彼女も詳しい後宮の内情は知らないのだろう。ただ、第七皇子である永慶様は、『落ちこぼれ皇子』であるだけでなく、何かと理由をつけて結婚を断っていたという。だから二十一歳にもなって妻も婚約者もいないというのは、後宮では有名な話だとお姉様から聞かされていた。

「永慶様もお姉様に騙《だま》されたのよ。きっと」

「朱霞《シュカ》お嬢様に、でございますか?」

信じられないと言わんばかりに玉児は首を横に振る。自分の言葉を信じてもらえないことは少し寂しかったが、それも当然だと直《す》ぐに納得させられた。

お姉様は、我が家の六人の兄弟・姉妹の中で一番、聡明で物静かな娘だったからだ。琴《こと》も書も何をさせても誰《だれ》よりも秀でていたお姉様が、第二皇子の妻となったのは六年前のことだった。

そんなお姉様が永慶様を騙すなどと、誰が信じようか──。私は少し諦《あきら》めて小さく息を吐《つ》く。

「玉児が、知らないだけなのよ。だって、私も気づいたら後宮に連れてこられていたもの」

「そうなのですか?」

玉児は、信じられないと言わんばかりに聞き返す。その反応が、あまりにも大げさなのが嬉《うれ》しく、私は「そうなのよ」とわざとらしく呆《あき》れたように肯定してみせた。

「最初はね、お姉様ったら『後宮が呪《のろ》われている』って言っていたの」

聞いたことがございます、と玉児も頷《うなず》く。

「なんでも、何年かに一度、理由もなく後宮で死人がでるんですよね？」

さすが、お母様が「玉児の言うことは聞くのですよ」と遣わしてくれた侍女だ。おさえておいて欲しい情報は、しっかり頭の中に入っているらしい。

「そうそう。で、後宮を挙げて犯人を捜すんだけど、見つからなかったらしいの。だから呪いに違いないって、聞かされたんだけど……」

玉児は「怖いですね」と微《かす》かに震えている。本当に彼女は、いい聞き手だ。

「だからね、私がお姉様の侍女として後宮に行ってあげるって言ったわけよ。『呪い』なんて、面白そうじゃない？」

玉児は「はぁ」と気の抜けた返事をする。

「後宮と言いましたら、普通は『寵愛《ちょうあい》』とかそのようなことに、ご興味を持たれるものじゃないんですか？」

「え、やだよ。そんなの」

遠慮がちに尋ねた玉児の質問を私は、笑い飛ばす。

「私、そういうことに向いてないじゃない？」

私がそう言うと、肯定する代わりに玉児は、押し黙った。だが、少しすると絞り出したように、玉児は「そんなこと、ございません」と口を開く。おそらく、内心では私の言葉に全面同意しているのだろう。

「朱琳お嬢様は、愛嬌《あいきょう》がありますし、大きな瞳《ひとみ》が可愛《かわい》くていらっしゃいます。それに、長い黒髪は自然とふんわりと巻かれ、まとめずとも華やかではありませんか」

突然褒められて照れくさかったが、それが世辞であることは痛いほど分かっていた。いや、そもそも見た目の問題ではない。私達貴族の娘が求められるのは「淑女」であり、「良妻」であることだ。だが、私は自分が「淑女」という定義からは、大きく逸《そ》れた存在であることを痛感していた。

刺繍《ししゅう》よりも馬の世話を好んでしていたし、詩よりも兵法書の方が好きだった。

当初、背中の傷が原因で除隊となった私に、両親を含めて周囲の人間は、なんとか花嫁修業を課し結婚をさせようとしていた。だが、その成果は惨《さん》たんたるものだった。仲人《なこうど》に断られ続けて半年、私だけではなく両親すらも普通の結婚は諦めかけていた。ついには、高齢の貴族の後妻の話しか持ってきてもらえなくなった。

そんな私に、後宮で宮女になることを勧めてきたのはお姉様だった。両親も「後宮に行くのならば」「朱霞の側で働くのなら」と結婚を諦めてくれようとした半月後、お姉様は第七皇子との婚儀の話を持ってきたのだ。

「第七皇子殿下は、後宮では星ばっかり見ている『落ちこぼれ皇子』って言われているんだけど、見た目は決して悪くない方よ」

久々に実家に帰ってきた姉は、そう言って鈴を転がしたように笑った。決してうるさくもなく、かつ華やかさは失われない完璧《かんぺき》な笑い方に、私は静かに感心していた。

「でも……、皇子の妃《きさき》って、面倒じゃないんですか？」

普通の貴族の妻ですら、仲人から断られるような私だ。皇帝の一族が、私を笑顔で迎えてくれる気は全くしなかった。

「それは、大丈夫。第七皇子殿下は聡明な方なの。あえて『落ちこぼれ』を演じていらっしゃるのよ」

「わ、わざと？」

普通、皇子たるもの皇帝や周囲の評判を気にして、完璧なふるまいをするのだとばかり思っていただけに驚きの声を上げてしまった。

「後宮には、七人の皇子がいらっしゃるでしょ？　でも、まだ次の皇太子は決まっていないのよ」

通常、『皇太子』というと第一皇子を指名したり、数人の皇子が成人した時点で皇太子が決まったりするのが一般的だ。第一皇子が成人してから、五年以上は経《た》っているだろう。それでも皇太子が決まっていないのは、異例といえる。

「次期皇帝である皇太子に選ばれなかった皇子はどうなると思う？」

「さぁ？」

皇子の人生について、全く興味がなかっただけに私は首を傾《かし》げるしかできなかった。

「それぞれ領地をもらって、その州を州公として治めるの」

皇子が州公になるのは、古くから存在する制度だ。地方の州公が、謀反《むほん》を起こす例が多いのも、かつては皇帝になれたかもしれない立ち位置にあった人物だから、という理由が大きいのかもしれない。

「第七皇子殿下は、皇太子にならなかった場合、北方の金陵州《きんりょうしゅう》を拝受するというお話が内々に進んでいるのよ」

「金陵州⁉」

私は、思わず驚きの声を上げてしまった。

「金陵州って言ったら、北方の何もない所ですよ？　冬は雪が深いし、草原しかないし――」

金陵州軍は、禁軍とは異なる指揮系統にあったが、冬季演習の際には合同演習を何度か行ったことがあった。想像を絶する寒さの中で演習していると、金陵州の州兵らの姿が何倍にも大きく見えたのは記憶に新しい。

「私も不思議に思って、『何故、金陵州なのですか？』って聞いてみたのよ。そしたら、第七皇子殿下は『金陵州は星の観察には適している』って。ちょっと言っている意味が分からないけど……」

お姉様は少し肩をすくめて苦笑した。

「話をまとめると、第七皇子殿下は、金陵州を治めたいから、皇太子争いは辞退されたいとおっしゃっているの」

七人も兄弟がいれば、一人ぐらい皇帝の座を欲しがらない人間がいるのか、と感心させられた。

「でも『皇太子になりたくない』なんて公言するのは、不敬でしょ？　だから、第七皇子殿下は、わざと無能なふりをされているの」

そう言うと、お姉様は悪戯《いたずら》を思いついたような笑顔をニッと浮かべた。

「それでね、朱琳のことを思い出したの。第七皇子にお見合いを断られ続けている朱琳の話をしたら、案の定『ぜひ結婚したい』っておっしゃられたわ」

確かに都合のいい話だが、あまりにも失礼な話に私は思わず顔をしかめる。それに気づいたのか、お姉様は慌てて微笑《ほほえ》みかけた。

「馬に乗るのが好きな朱琳にとっても金陵州はいいんじゃないかしら？」

金陵州は、馬の飼育が盛んな地域だ。「よい軍馬を買い求めるならば、金陵州まで行け」という人も少なくない。繁殖から始めて、仔馬《こうま》を調教してみるのも悪くない。

「朱琳、気を悪くしないで聞いてね」

どんな名馬になるだろう、と上の空になっていた私の手を取って、姉は優しくそう言った。

「あなたは、魅力的な子だわ。戦場に行って、軍功を挙げて……。なかなか、できることではないと思うの」

家出同然で入隊したこともあり、家族の間では軍でのでき事は禁句になっている。そのため、禁軍の軍師になっても誰も褒めてくれなかった。だから、禁軍でのことを賞賛されると、自然と頬《ほお》が緩んでしまう。

「でもね、そんな朱琳のよさを分かってくれる貴族の男子って、決して多くないと思うの。残念だけど、そんな殿方と出会うのは難しいんじゃないかしら」

ねぇ、と問われて返す言葉がなかった。この半年、それは誰よりも私が痛感していた。

「第七皇子もね、何も本気で夫婦になって欲しいっておっしゃっているわけではないの。形だけの妃が欲しいっておっしゃっているのよ」

「形だけの？」

私が興味を示したことに気づいたのだろう、お姉様は「そうよ」と私の手を握った。

「後宮ではね、『星詠《ほしよ》みの巫女《みこ》』を決めなければいけないの」

星詠みの巫女は、我が国に伝わる伝説だ。星を詠み、天からのお告げを聞ける巫女が、皇帝を選ぶとされている。しかし、あくまでも伝説でしかなく、皇帝を神格化するための制度なのだろう。

「でも、星詠みの巫女って、現在の星詠みの巫女——皇后様が、次期星詠みの巫女を指名するんじゃないんですか？」

「それなのよ」

　お姉様の表情が一瞬、真剣なそれに変わった。

「皇后陛下は、星詠みの巫女をなかなか指名されなかったの。ところが、先日、『星詠みの巫女の選抜を行う』と発表されたの」

「そんな選抜があるんですね」

　まるで何かの大会のようで、面白いと感心していると、お姉様は大きくため息をついた。

「でもね、星詠みの巫女を選ぶためには、皇太子になりうる七人の皇子全員が妃を迎えなければならない、という問題が浮上したのよ」

「それで、第七皇子は困られていると――」

　お姉様は、そうなの、と深く頷いた。

「私は星詠みの巫女になりたいわけじゃないんだけど、試験が終わらないと後宮から出られないでしょ。だから助けると思って。お願い」

　そんなお姉様とのやり取りを思い出しながら、私は最終的に決め手になった怪我のことを思い出した。

「ほら、軍も退役したし、傷も治ってるのよ。そういえば、玉児には見せてなかったわね」

　部屋に広がった悲しい空気を振り払うように、私はそう言って着物の帯に手をかける。着物を脱ぎ、背中の傷を見せようとした瞬間、玉児は再び「おやめください！」と慌てて飛びついてきた。

蓋頭の時とは違い「本気で止めたい」という気迫が、玉児の言葉や手のひらから伝わってくる。

「普通、淑女は古傷を自慢しないものでございます」

そうだった……と私は、着物を脱ぐ手を止めた。戦場では多くの兵が、どれだけ深い古傷があるかを自慢していたので、感覚が麻痺《まひ》してしまったようだ。

「玉児もそんなこと言うの？」

少し悪戯心が芽生え、私はわざと寂しそうな視線を送ってみた。すると、玉児は戸惑ったように言葉に詰まる。実は、彼女も私と同じように馬で外を駆けるのが好きなのだ。隠れて馬の世話をしているのだって知っている。

「だ、駄目でございます」

しかし、玉児は何かを振り払うようにそう言って首を振る。

「兄上である朱雀様は、一年前の怪我の後遺症があるため退役。今は家で静養されているんでございます。そういうことになっているんでございます」

玉児の形相があまりにも必死すぎるので、私は諦めて「はーい」と間の伸びた返事をするしかなかった。

私の着物の乱れを直しながら、玉児は「ですが……」と小さく呟《つぶや》く。

「宮女から何故《なぜ》、第七皇子のお妃様になることに変わったんですか？」

「そうなのよ。私もびっくりしたわよ。ほら、お姉様と第二皇子との婚儀だって一年以上時間をかけたでしょ？　色々とすっ飛ばしたみたい」

玉児は感心したように「すごいですね」と小さく呟いた。

「それが、本当ならば朱霞お嬢様は、策士でございますね」

「きっと、永慶様もお姉様に騙されたことに気づかれて、怒っていらっしゃるのよ」

そう考えるとつじつまが合う、と私は一人で納得していた。

「今日《きょう》はきっと永慶様は、来られないわ。だから、散歩しに行かない？」

私は、窓の外を覗《のぞ》き込むようにして、そう尋ねた。黒い塔の正体を確かめたいという思いは、さらに大きくなっていった。

「い、今からですか？」

驚きの声を上げながら、玉児は慌てて首を横に振る。確かに窓の外はとっぷりと暮れており、とてもではないが歩き回れる時刻ではない。

「大丈夫よ。後宮だし、曲者《くせもの》なんていやしないわよ。まぁ、いたとしても私が叩《たた》きのめしてやるわ」

私は、簡単な組手の型を見せるが、玉児は押し殺したような音にならない悲鳴を上げた。

「今日ばかりは、おやめください……。いえ、今日以降も絶対におやめください」

「だってさ、気になるのよ。あの塔、すごい高いわよね」

私の視線の先にある塔は、五階以上の高さはあるだろう。都でもなかなか見られない高さに、胸が高鳴るのを感じた。玉児は、呆れたように小さくため息をつくと、ゆっくりと私の隣に立ち窓の外に視線を向けた。

「あれは星見台《せんけんだい》でございます」

「せんけん？」

聞きなれない言葉に思わず、首を傾げてしまう。

「星を見るんですよ」

玉児に代わって投げかけられた声は、部屋の入り口からのものだった。私は慌てて盖頭を元に戻し振り返ると、そこには長い黒髪を無造作にまとめた男が立っていた。

「第七皇子殿下！」

玉児は、慌てて床に膝《ひざ》をつき跪礼《きれい》する。確かに一介の侍女からすると正しい反応なのだろう。

だが、私はあえて盖頭の中で、微笑みながらその場から動かないことにした。一刻も待たされたことに対する怒りを態度で表したつもりだった。

だが、不思議なことに永慶様が部屋にいる事実に、怒りは徐々に和らいでいく。

永慶様は婚儀の時とは打って変わり文官のような粗野な格好であるし、どこか苛立《いらだ》った様子だった。決して歓迎されていないのは伝わってきたが、永慶様がそこにいることが、何故だか無償に嬉しかったのだ。

「あれだけの塔を建てられるなんて――。さすが後宮ですね」

「それは……」

永慶様は、何かを言いかけて言葉を止める。

「今日は星食《せいしょく》の大事な日なんです」

「せ、せいしょく？」

初めて聞く言葉に私は思わず聞き返す。後宮ならではの儀式なのだろうか。

「月と太陽が重なると、太陽が消える日食は、ご存じですか？」

永慶様は二つの握りこぶしを突き出すと左右からそれぞれゆっくり動かし、二つが重なる様子を見せる。数年に一度、太陽が空から消えることがあることを思い出し、私は静かに頷く。

「星と星、もしくは星と月が重なっても同じような現象が空で見られます」

「星を食うと書いて、星食なんですね！」

私はようやく『星食』という言葉の意味を理解し、なるほど、と頷いた。

「それが、今日、あの塔で見られるんですか？」

私が再び窓の外を振り返り指さすと、永慶様は「はい」と頷いた。彼が何かを説明しようとした時、彼の側に控えていた従者が「殿下」と小さく呟いた。

「悪いですが、時間がないのでもう失礼させていただく」

永慶様が思いのほか、怒っていないようで安堵《あんど》した。もしかしたら、お姉様に騙されていなかったのかもしれない、そんな淡い期待が私の中で広がっていった。

「だから、いらっしゃるのが遅かったんですね」

私が永慶様の背中にそう投げかけると、「いえ」という短い言葉と共に永慶様は勢いよく振り返った。

「この際だからはっきりさせておきます。私には心に決めた人がいます。だが、その方とは一緒になれない定めだ」

末の皇子とはいえ、皇帝の一族との結婚だ。心に決めた人が平民だった場合、その婚儀は許されないだろう。

「大変申し訳ないが、この婚儀は形式的なものだと思っていただきたい」

それは、衝撃的な宣言だったが、決して私の心を乱す言葉ではなかった。お姉様も「形式的だ」ということは嫌というほど強調していた。

「存じております」

務めて冷静にそう返事したが、永慶様は「ですから――」と苛立ったように、押し黙った。

どうやら彼の中で私を傷つけないように言葉を選んでいるのだろう。

「今日だけではなく、今後ともこの夫婦の寝室が使われることはないと思っていただきたい」

少し間をおいてされた宣言に、永慶様の後ろに控えている従者も跪《ひざまず》いている玉児も小さく驚きの声を上げた。

だが、私の心は穏やかだった。

「それは――」

私が「承知しています」と言うのを待たずに、永慶様は、足早に部屋から立ち去っていった。

「お、お嬢様……」

永慶様達が、立ち去った音を聞くと、玉児は堰《せき》を切ったように、その場に泣き崩れた。

「あ、あのような仕打ち……。いくらお嬢様に対してでもあんまりでございます……」

『お嬢様に対してでも』という言葉に少し、引っかかりながらも私は、「そう？」と玉児に微笑みかけた。

永慶様達の足音が完全に遠ざかったのを確認し、私は蓋頭を寝台に脱ぎ捨て、幾重にも重ねられた着物も手早く脱いでいく。

「お嬢様？」

「永慶様は、もう来ないのよ？　塔に行けるじゃない」

無数に挿し込まれていた髪飾りを無造作に寝台に投げ捨て、髪を手早く一つにまとめる。

「お、お嬢様……」

「ほら、こんな格好していたら、宮女と勘違いされて塔の中にも入れてもらえると思うの」

あらかじめ寝台の下に隠していた宮女用の麻の着物を手に取り、腕を通してみせると玉児は大きくため息をついた。

「そんなものまで用意されて……。どうしても塔に上りたいのでございますね」

「うん！　上って、そこからの景色を見てみたい」

満面の笑みでそう言った私に、玉児は呆れたようにため息をついた。

「落ち込まれていないようで安堵いたしました」

玉児は絞り出すように、現状で最もいい点を挙げてくれた。

「物は考えようよ。これで、側妃との争いとは無縁な生活が待っているってことじゃない」

おそらく、永慶様は私を正妃として迎え、その後に『心に決めた人』を側妃として迎えられるに違いない。もし、この事実を知らなければ、新婚早々に側妃を迎えられたと心を痛めただろう。

「貴族のご結婚というものは、多くの場合は愛がないですからね……。お嬢様の結婚だけが珍しいことではありませんよ」

玉児の慰めの言葉に私は「そうね」と適当に返事をしながら、手早く帯を締めた。

「何人たりともこの塔へ上ることは許されておりません」

塔の衛兵に無碍《むげ》もなくそう言われ、私は言葉を失っていた。

「ねぇ、第七皇子の妃だって、言った方がいいかしら」

後ろで、ハラハラしている玉児に小声で尋ねるが、玉児は慌てて首を横に振った。

「今日、婚儀を行った妃が夜中にこんなところにいるなんてばれたら、あらぬ噂《うわさ》を立てられてしまいます。大事件です」

「そっか……」

私は、小さくうなだれて衛兵に視線を送るが、衛兵は既に明後日《あさって》の方向を見ながら、無言で拒否の姿勢を示していた。

「上らせてくれてもいいじゃない」

私は、塔の壁を触りながら、衛兵の元から離れていく。規則正しく石が積まれている冷たい壁の凹凸《おうとつ》を指先に感じていると、徐々に悪い笑みが浮かぶのを感じた。

「お嬢様……？」

何かを察し、玉児の声が強張《こわば》る。

「ちょっと待っててね」

衛兵の姿が完全に見えなくなった場所で、私は着物の裾《すそ》を素早くまとめた。私が、これから何をしようとしているか分かったのだろう、玉児は目を見開く。

「胡南《こなん》の城壁よりは低いからさ、多分行けると思う」

胡南州の州城を囲む城壁は、目の前の塔よりもはるかに高かった。蛮族に占拠された州城を攻め落とすために、城壁をよじ登った数年前の記憶が如実に思い出される。上から矢が降り、仲間や敵が顔の直ぐ横を落ちていく――そんな修羅場と比べれば、この塔は可愛いものだ。この塔の上にいる人間は攻められることなど全く想定していない。

着物の懐に忍ばせていた二本の小刀を取り出し、靴底に括《くく》り付けながら玉児ににっこり笑ってみせた。

「お嬢様、な、何を？」

玉児のすがるような質問を無視して、私は右足を塔の石のすき間に差し込み、左手を数個先の石の隙間《すきま》に引っかける。城壁のように登ることを拒まない塔は、案の定、驚くほど登りやすかった。

「お、おやめください」

悲鳴に似た玉児の声が一瞬にして遠くに聞こえる。ちらり、と視界を玉児の方へ向けるが、彼女の姿は既に小さくなりつつあった。

「ちょっと見てくるだけだから」

玉児を心配させまいと、軽い調子で声をかけて私は頭上に広がる暗闇に向かって手を伸ばした。

冷たい石の感触を指先に感じながら、私は満面の笑みを浮かべていた。

「お姉様もこんなに楽しいことがあるって、言ってくれたらよかったのに」

後宮に宮女として入宮するという話が決まった頃《ころ》、「後宮は牢獄《ろうごく》のようなものだ」と止める人もいたが、軍を退役してからこの一年、私はまさに屋敷に軟禁されていた。

刺繍、詩、お茶――、良家の娘として恥ずかしくないよう専門の師をつけてもらったが、いくらやっても上達はしなかった。

暇を持て余した朱雀兄様が、時々一緒に習うのだが、はるかにお兄様の方が上手《うま》くこなすのだから不思議だ。お兄様はあえて厳しい言葉は言わず、無言で苦笑していたが、その目は明らかに「何故、こんなこともできないのだ」と語っていた。

そんな慎ましい所作まで、私よりお兄様の方が『淑女』だった。

当初、私の不出来さに父や母は激怒していたが、本気で取り組みながらも上手くいっていないことを知り、徐々に哀れみの視線を送るようになっていた。あの居心地の悪すぎる屋敷のことを考えると、この後宮は最高に自由だった。

「お姉様には感謝しかないわね」

私は、そう言って塔の頂上にある突き出したような装飾を右手で掴《つか》み、体を軽く揺らす。その反動を利用して塔の上にある物見台の中へ体を滑り込ませた。爪《つめ》が何枚かはがれるかと思ったが、指先が少し赤くなる程度で済んだ。塔の頂上に登り切った達成感とこの一年で、自分の体がまだ鈍っていなかった事実が分かり、私は静かに高揚していた。

塔の頂上には数人の文官らがおり、突然現れた私の姿に「ひぃ！」と悲鳴を上げた。

「あ、ごめんなさい」

驚かせまいと、笑顔で事情を説明しようと、彼らに近づこうとした瞬間、左腕を勢いよく掴まれた。

「何故、ここに?」

それが、永慶様の手だと少し遅れて気づき、何故か頬が自然と緩む。

「ちょっと、登ってみたくて」

「い、いや、そうではなく――」

何か言いたそうな永慶様に気づき、私は首を傾げる。

「敵か?」

「天から降ってきたぞ」

永慶様と、驚き見つめ合っていると、周囲の官吏らがザワザワと騒ぎ始めた。

「ま、まずいですね……」

精一杯、よい印象を与えようと品よく微笑んでみるが、永慶様は今にも泣きそうな表情を浮かべる。

「大丈夫ですか?」

永慶様のすがるような視線に居心地が悪くなり、そう尋ねてみる。しかし、少しすると永慶様は、嬉しそうに満面の笑みを浮かべた。

「急にすまない。もし、よかったら星見台を案内させてもらえないか？」

永慶様の態度が、寝所での態度と打って変わり好印象になったことが不思議だったが、周囲に人だかりができている方が問題だった。永慶様は、できるだけ穏便に事を収めようとしているのだろう。私は、演技かかったように余裕の笑みを見せる。

「お願いいたしますわ」

永慶様と塔の中に消える頃には、星見台にいた人々は関心を失ったように、自分の持ち場へと戻っていった。

「すみません。お仕事の邪魔しちゃいましたね」

「大丈夫だ。それより、何故、あのような無謀なことを」

塔を登ってきたことを指摘され、私は思わず苦笑する。

「登りごたえがあるな、と思いまして」

「あぁ……」

何かを納得したかのように永慶様は、苦笑する。

「この塔は天体の動きを観察するために建てられた塔なんだ。ある程度の高さがないと、後宮や本宮の灯《あか》りで星が見えないので、高い塔になっている」

「だから、後宮と本宮の間の丘の上に建てられたんですね」

後宮がある城の中で一番標高が高いのは、後宮と本宮の境目にあたる丘だった。衛兵ががんとして通してくれなかった理由を察し「なるほど」と頷く。基本的に後宮は、皇帝と皇子以外の男子は立ち入りが禁止されている。そのため、塔から後宮へ人が出入りすることができるのは、皇子など限られた人物に限っているのだろう。

「衛兵がなかなか入れてくれなかったので、困っちゃいました」

私がおどけながらそう言うと、永慶様は「すまない」と小さく謝罪してくれた。

「来るとは思っていなかったから……。今度からは、衛兵にも伝えておきますので、自由に来てください」

永慶様は、そう言いながらゆっくりと階段を下りていく。私が後ろからついてくることを時折確認しながら、何度か振り返ってくれる。ちょっとした気遣いだが、何故だかその優しさが嬉しかった。

「ありがとうございます。あ、でも、私、一人で登ってこれますよ？」

私は、そう言ってから自分の失言に気づかされた。永慶様に嫌な顔をされないか不安になり、こっそり彼の表情を盗み見た。だが、私の予想に反して、永慶様は、懐かしいものを見るような優しい笑みを浮かべているではないか。

「怖いもの知らずな人だ。でも、私が心配だから、やめてくれ」

てっきり叱責か嫌味が飛んでくると思っていただけに、私は慌てて「はい」と頷く。男から当たりが強いことには、軍で慣れっこだった。粗野な軍人が集まる軍では、ひ弱な自分に対する当たりが強いのは当たり前だ。その上で、当たりの強さの先にある真意だけを拾うことにしていた。

だから、寝所で『形式的な夫婦になりたい』という永慶様の言葉も玉児のように悲観することはなかった。言葉を必死に選んでいた点をみても、形式的な結婚であることを伝えるのが忍びなかったのだろう。その一方で、先ほどとは打って変わり、穏やかで優しい永慶様の変わりようが不思議だった。

「でも、塔に登ってきてくれてよかった。この景色は、なかなか見られない景色だからな」

永慶様がそう言って手を引いてくれた先は、塔の壁から突き出すように設置された露台《ろだい》だった。

「都の景色は、塔の最上階よりも、ここの方が綺麗に見える」

その言葉の通り私の眼下には、皇帝が政《まつりごと》を取り仕切る本宮が広がっていた。そして、そのさらに先には都の灯りが無数に光っているのが見えた。

「星空みたい……」

『綺麗』と感じた感動を表すのに、お姉様だったら詩を詠んだのかもしれない。だが、私の語彙《ごい》力では適切な表現が思いつかず、仕方なく率直な感想を伝えることにした。そんな感想に永慶様は、くしゃりと顔を崩して「確かに」と微笑む。

「星ばかり見て、とよく言われるが、私はこの景色を守りたいんだ」

「この景色を？」

民達の生活を守ることなのだろうが、それが星の観察とどう関係があるのか分からず思わず聞き返してしまった。

「我が国では、星や月の動きを観察し、記録している」

「え？　そんなことしていたんですか？」

星は目の前に当たり前に存在する存在で。特に記録する必要はないと思っていたし、記録していたとしても国を挙げて行っているとは思っていなかった。私が驚いていることに気づいたのだろう。永慶様は、小さく笑った。

「よく言われるよ。星を観察してどうなるのかってね」

心の内を見透かされて、私は思わず言葉に詰まる。

「たかが星、と思われるかもしれないが、下手《へた》な占いよりも余程当たるんだ。例えば――」

永慶様はそう言って、近くにあった本棚から古ぼけた本を一冊取り出し、ある頁《ページ》を開くと私に持つように手の上に載せた。

「これは百年前の星食の記録だ」

そう言って永慶様が指示した場所には、百年前の年数と時刻、星の名前と時間が記されていた。

「この星食が観測された半年後、国内で不作が相次ぎ大規模な飢饉《ききん》が発生したんだ」

記録の後には、確かに飢饉の規模や損害などが事細かく記録されていた。それは、あくまでも数字の羅列でしかなかったが、数字のあまりの多さに、その飢饉がもたらした数々の悲劇が伝わってくるようだった。

「都の灯りも半数以下に減ったと言われている」

「そんなに……」

「そして、こちらが――」

永慶様は別のやや新しい本を本棚から取り出し、再び本を開いて記録を指示した。年数は違うものの、時刻や星の名前、時間は全く同じ記録だった。

「全く同じ星食が観測された二年前、やはり半年後には不作が相次いだ。だが、百年前の記録と全く同じであることから、私達太史官が国の備蓄している穀物の給付などを提言し、大規模な飢饉を免れた」

数年前、地方で炊き出しを実施した記憶が蘇《よみがえ》る。

「ただ、星を見ているだけじゃないんですね。すごい！」

心からの賞賛が伝わったのだろう。永慶様が初めてはにかんだような柔らかい笑みを浮かべた。それは、まるで少年のような表情で、思わず胸が締め付けられるように錯覚させられる。

「ただ、これは本当にたまたま上手くいった例だ」

永慶様は自嘲《じちょう》気味に笑いながら、ゆっくりと本を本棚へと戻す。

「まだまだ、星の動きから正確な天候を予想することができていない」

少し落胆したようにそう言った永慶様だったが、窓の外を見る彼の瞳はきらきらと光っているようだった。おそらく、彼は星の観測の未来を憂いるのではなく期待しており、その未来に携われることに期待で胸が膨らんでいるのだろう。

そんな永慶様の横顔に、初めてかっこいいと思わされた。もともと彼の見た目がいいことは分かっていたが、それが好ましいとは思っていなかった。何を考えているのかよく分からない笑顔を浮かべており、一癖あるな……と警戒していた。

だから、どちらかというと戦場で肩を並べていた戦友達の武骨で野望にギラギラしている横顔の方が魅力的に私の目には映っていた。

だが、星の観測について熱く語る永慶様の横顔に、胸を締め付けられるような特別な想《おも》いが広がっていくような気がした。

「そんな太史官には、その星の動きから吉凶を占う部署があるのは知っているか？」

星を観察する役所があることは知っているが、彼らが実際にどんな仕事をしているのかは、詳しく知らなかった。

「そんな部署があったんですか……」

勉強不足な自分が恥ずかしく、思わず口ごもるが永慶様は、大丈夫と言わんばかりに優しく「あまり知られていないゆえ」と前置きをしてくれた。

「皇帝は、天からの命を受けて政治を治めている」

「神の代弁者」というのが、我が国の統治者である皇帝の立ち位置だ。だからこそ、高貴であり誰よりも崇拝すべき存在とされている。

「はい」と私が小さく頷くと、永慶様は相槌《あいづち》を打つように小さく頷いてくれた。

「だから、神の御業《みわざ》ともいえる星の動きで吉凶を占い、太史官が占文《せんぶん》として上奏するのが、本来の役目なのだが……」

永慶様は、そう言うと、サッと私の耳元へ顔を寄せた。突然、二人の距離が近づいたことに驚き、思わず耳まで赤くなるのを感じたが、次の言葉に瞬時に血の気が引くのを感じた。

「占文が一部の者によって悪用されている恐れがある」

「悪用？」

「太史官の一部の官吏が、月や星の動きを自分達のいいように解釈し、政を自分達の思うように動かしているんだ」

とんでもない事実に私は思わず驚きの声を上げてしまう。もし、永慶様の言うことが本当ならば、一大事だ。

「細かい点を挙げていくときりがないのだが、顕著な例が数年前、淑妃《しゅくひ》様が亡くなられた時だ」

「淑妃様と言えば――、第二皇子殿下の母上様ですね」

私は、お姉様から叩き込まれた後宮相関図を必死で思い出す。

淑妃様は、お姉様の姑《しゅうとめ》にあたる人物だ。第二皇子の母親として「淑妃」の位を拝したものの、その後に賢妃様が入宮されてから、皇帝のお渡りがなくなった妃と、お姉様から聞かされていた。

「その通りだ。五年前、淑妃様は肺の御病気を患《わずら》っていらっしゃっていたんだが、その時、ちょうど日食が観察された」

「そんなこともありましたね」

五年前の演習中、昼間なのに空が暗くなるという不思議な現象を体験したのは、記憶に新しかった。

「見ていたのか。神秘的な光景だった。あれこそ――」

日食について語ろうとした永慶様だが、饒舌《じょうぜつ》な彼に私が驚いていることに気づいたのだろう。小さく咳払《せきばら》いして、名残惜しそうに日食の説明を中断した。

「その際、占文では『王を隠す存在が後宮にいる』と奏上された」

「それは……」

永慶様が所属されている役所のことをあまり悪く言いたくないが、さすがに言いがかりではないだろうか、と思わず眉《まゆ》をひそめてしまう。

そんな私の表情を読み取ったのか、永慶様は「そうなんだ」と深刻そうに頷いた。

「星の動きや日食は天体現象で、天気や気候に影響はあるが、人間の吉凶を占うものではないんだ。それにもかかわらず淑妃様のお立場を悪くするような奏上を行い――」

「それで、淑妃様が?」

「ああ、さすがに罪人ではないので、冷宮《れいぐう》に移されることはなかったが、扱いは一変した」

冷宮は、後宮の外れにある宮だ。かつては、普通の宮として使われていたらしいが、現在は罪人や子供を産めなかった妃、病気になった宮女や宦官《かんがん》などが追いやられる場所でもある。一度、冷宮に送られると、よほどのことがないかぎり後宮には戻ってこれない。さらに、衣食住も後宮のそれとは異なり、最低水準のものになるといわれている。

いくら占文が出たといっても、第二皇子を産んでいる淑妃様を冷宮には追いやれなかったのだろう。

「それまで、淑妃様のために高価な薬湯が用意され、遠方からも医者が呼ばれるなど四方八方手を尽くされていた。だが、占文が奏上された日から淑妃様は捨て置かれるようになったんだ。外部からの支援も届けさせなかったらしい」

あまりの処遇の変化に、私は言葉を失ってしまった。肺の病気は、基本的に完治しないといわれている。それでも、栄養をつけさせ安静にすることで、寿命を延ばすことができる病だ。

「それから二月《ふたつき》もしないうちに、淑妃様は亡くなられた」

当然ともいえる結果だが、改めて「二カ月」という言葉にされると、その事実は私の胸の中に重くのしかかる。

「そのようなことは、二度と私は起こしたくない」

永慶様が、天体観測にかけられている情熱のもう一つの理由が分かり、その真剣な横顔が先ほどよりもさらに輝いているような気がした。

「二度と占文を悪用させたくないんだ」

それは短い言葉だったが、永慶様の強い意志を感じさせられた。

「だから、私とも形式的な結婚にしておきたい、とおっしゃったんですね」

おそらく永慶様は、天体観測だけではなく占文を作る部署にも目を光らせる――、さらに第七皇子とはいえ公務も行うとなると、夫婦としての時間は持てないだろう。

嫌われていなかったことが分かり、私は思わず嬉しくなった。

「え……、結婚？」

だが、永慶様は、鳩《はと》が豆鉄砲を食ったような驚きの表情を浮かべて私を凝視する。

「先ほど、寝所でおっしゃられたではないですか。『形式的な結婚にしたい』と。だから、夫婦の寝所を今後も使うことはないと」

「え……、寝所？」

永慶様は、何か思案するように私から視線を逸らした。

「永慶様？」

的外れなことを言ったのだろうか、と顔を覗き込むと、恐る恐ると言った様子で永慶様は、声を絞り出した。

「そなたは、朱琳なのか?」

そう言われて初めて自分が、宮女の制服を着ていることを思い出した。婚儀の時は蓋頭を被っていたし、別人と思われても仕方ないかもしれない。

「こんな格好をしていたら、分かりませんよね」

永慶様は、見知らぬ宮女にも優しいのか、と感心していると永慶様は何か思案するようにゆっくり口を開いた。

「すまなかった……。てっきり別人かと――」

気にしていないと私は首を横に振ると、永慶様は思い直したように再び私に向き直って真剣な眼差《まなざ》しを向けた。

「話は戻るが、朱琳は、私達が形式的な夫婦であることに、納得してもらえたのか?」

微かに震えた声で尋ねられる。永慶様から言い出したことではないか――と怪訝《けげん》に思ったが、永慶様を安堵させるために、「勿論《もちろん》ですよ」と言って笑顔を見せることにした。

「もしかして、朱琳は、想いを寄せている方でもいるのか?」

そう言って、焦ったように尋ねてくれる永慶様の気遣いが嬉しかったが、とくに気遣ってもらうような相手はいない。

いるとすれば、一年前に夜盗から助けた護衛の男性だ。好きか嫌いかというわけではなく、本能的に一緒にいたいと思える不思議な人だった。あの時は運よく命拾いしたが、自分の身を挺《てい》してでも彼を守りたいという思いがあった。それを「想いを寄せている」というのかは、謎《なぞ》だし、そもそも護衛の彼に「助けたから結婚しろ」というのも横暴な話だ。

だから、その人物を自分からは捜すことはなかった。そして、あの日の移動はお忍びだったらしく護衛の彼からも接触はなかった。

「大丈夫です。そんな人、いませんよ」

先刻、永慶様に「想いを寄せている人がいるのか？」と言われたことを思い出し、優しい気持ちが自分の中で広がるのを感じた。永慶様は、きっと自分のことのように他人のことを思いやれる人なのだろう。

「それに、私、人を好きになる気持ちって、よく分からないんですよ」

照れたように頭をかくと、永慶様は少し驚いたような表情を浮かべた。

「これまでに一度も？」

「ですね。出会いがあまりあったわけでもありませんし。でも、永慶様は、いらっしゃるんですよね？」

「ああ」

即答され、少し胸が痛んだが、自然と笑みがこぼれるのを感じた。永慶様とは、今日、会ったばかりだが、なぜだか彼には幸せになって欲しかった。

「でしたら、星詠みの巫女選抜が終わられたら、離縁してくださいませ」

「り、離縁!?」

永慶様は、驚いたように声を張り上げる。

「だって、永慶様の想い人を側妃として迎えるなんて可哀《かわい》そうでしょ?」

「だが、もし、そなたが『星詠みの巫女』に選ばれたら――」

意外な質問に私は首を傾げる。

「永慶様は、皇太子争いに興味ないと聞いていましたが」

勿論、星詠みの巫女に選ばれれば、皇后になるわけなのだから離縁などできるはずがない。

「私、星詠みの巫女にならなくていいんですよね?」

念のために確認すると、「当然だ」と永慶様は深く頷く。

「よかった。私、自慢じゃないんですけど、貴族の令嬢に求められるようなこと一つもできないんですよね」

星詠みの巫女選抜が、具体的にどのような試験を行うのかは分からなかったが、おそらく皇后にふさわしい人物かという点を見るのだろう。となると、お姉様のような完璧な淑女が、選ばれるのは目に見えていた。

「刺繍しても、布より指を刺す方が多くて。ほら、これ見てください」

私が傷だらけになった両手を永慶様に突き出すと、彼は小さく噴き出した。

「自慢げに言うことではないだろ」

ようやく彼の表情に笑顔が戻り、思わず私まで嬉しくなる。

「私、星詠みの巫女に選ばれない自信だけはあるんです。だから、星詠みの巫女選抜が終わったら、離縁しましょう」

「離縁したくなくなったら？」

快諾されると思っていたが、永慶様はすがるようにそう質問した。意外な反応に、私は思わず首を傾げた。

「そうですね……」

確かに人の気持ちは変わりやすいものだ。現に、永慶様のことは、嫌いではない。もしかしたら、選抜後に図々しく「離縁したくない」と言い出しかねない、と心配されたのだろうか。

私は少し思い悩んだが、永慶様を安心させられるような手段を思いつくことができなかった。もう、信じてもらうしかない。少し考えて私は、思い切って口を開いた。

「永慶様を好きにならないように気を付けます」

何の根拠もない発言に、永慶様は驚いたような表情を見せるが、少しして悲しそうにゆっくりと微笑んだ。

「だが、人を好きになる気持ちが分からないのだろ？」

確かに――、と私は言葉を失った。もし、永慶様を好きになったとしても、知らない感情だからそれが『好き』なのか判別はつかないだろう。

「私は――」

永慶様は、少し何かを考えたかのように自分の手のひらを見つめて、静かに押し黙った。

「私は、想いを寄せている者の手に触れた時に気づいた」

「手で分かるんですか！」

私は思わず声を上げてしまった。それほど簡単な方法で見分けがつくならば、私にも直ぐ分かるはずだ。

永慶様は、自信に満ちたように「ああ」と静かに頷いた。

「その者の手を握った時に、絶対、離してはならない――、大切な存在だと気づかされたよ」

「そうなんですか……」

私は感心して、小さく感嘆の声を上げる。禁軍にいたころ、仲間の兵士達と手を取ることはあったが、そのような感情を一度も感じたことはなかった。

「星詠みの巫女選抜が終わったら、朱琳の気持ちを確認させてもらえないか？」

「手を握ってですか？」

途端に、永慶様の手を握るのが怖くなってしまった。

「も、もし好きになっても、ちゃんと離縁しますよ……」

慌てて永慶様から数歩、後ずさる。

「永慶様には、想われている方がいらっしゃいますし」

「その者もきっと納得してくれるさ」

永慶様は、全く疑っていない様子できっぱりと言い切った。

「絶対好きになりませんから。安心してください！」

私は再び、数歩、永慶様から後ずさった。

「分かった。では、星詠みの巫女選抜まで、よろしく頼む」

そう言ってゆっくりと頭を下げた永慶様の長い髪がさらさらと崩れ、都の灯りに照らされる様子は非常に綺麗で思わず言葉を失った。

「こちらこそ、よろしくお願いします」

初めての夫婦の約束が『絶対、相手を好きにならないこと』というのは寂しかったが、私も深々と頭を下げた。そういえば、こうして婚礼の儀式の際も何度か頭を下げたことが思い出された。あの時は、蓋頭を被っていて永慶様の綺麗な髪はよく見えていなかった。

永慶様は、こんな破天荒な私をよく受け入れてくれたな……、と感心すらさせられる。そう考えると、やはり私の夫には永慶様は、できすぎた人なのだということを改めて認識させられる夜となった。

第二章　星霜《せいそう》の試験

「朱琳《シュリン》、結婚おめでとう」

華やかな花の香りを振りまきながら、そう言って応接室に訪れたのは、お姉様だった。実家へ帰ってくる時より地味な青と白の着物に身を包んでいたが、よく見てみると刺繡《ししゅう》がいたるところに施されており、相当高価な着物だということは着物に詳しくない私にも分かった。

それが単なるお姉様の道楽ではなく、彼女の後宮における立ち位置なのだということを知ることになったのは、彼女の後ろに控えている宮女の数だった。

妹の部屋へ行く——、どちらかというと私的な訪問にもかかわらず、お姉様の後ろには五人の宮女が控えている。

「後宮に来てくれて、本当にありがとうね。遅くなってしまったけど、お祝いを贈らせてちょうだい」

そんな私の邪推を決定づけたのは、お姉様から贈られたお祝いの品だった。お姉様が手を上げると後ろについてきた宮女の一人が、スッと木箱を差し出しゆっくりと私の前で開けた。

そこには、翡翠《ひすい》が無数にあしらわれた豪華絢爛《けんらん》な首飾りがあった。

「これ、高そうですね……」

咎《とが》めるような口調に聞こえたのだろう。私の言葉にお姉様は、小さく笑う。

「あら、いい目利きね」

お姉様はそう言うと、ゆっくりと箱から翡翠の首飾りを持ち上げ、私の背後へと回る。どうやら、つけてくれようとしているのだろう。

「これはね、年代物の翡翠よ。買ったら、都に小さな屋敷が一つ建つんじゃないかしら」

「や、屋敷？」

屋敷を都で建てようと思うと、上級官吏が一生かけて働かなければいけないといわれている。そんな高価なものが首に巻かれているのかと思うと、生きた心地がしなかった。

「でも、やっぱり似合うわ」

姉がそういうと、控えていた宮女の一人がサッと私の前に鏡を差し出してくれる。鏡に映る私を見るが、首に巻かれた首飾りはとってつけたような装飾で、決して私に似合っている気はしなかった。

「こんな、高価なものいただけません」

「そんな悲しいこと言わないで。大丈夫、姑《しゅうとめ》の実家から朱琳の結婚祝いにって、贈られてきたものだから」

姑——というと、第二皇子を産んだ淑妃《しゅくひ》様の家系だ。淑妃様の御父上は、宰相だった人物で、高価な首飾りを贈ることもなんともないのかもしれない。

だが、それとは別に気になることがあった。

「淑妃様は、お亡くなりになられているのにですか？」

既に淑妃様が亡くなられているにもかかわらず、後宮に贈り物が送られてくることが不思議だった。

「えぇ、そうよ。本当によくしていただいているわ」

全く悪びれた風もなく、そういうお姉様は贈り物の意味を理解していないのかもしれない。

だが、傍《はた》から見れば元宰相がお姉様の後ろ盾になっていることを意味しているし、宰相が元の地位に戻るため画策している可能性すらある。

「もぉ、そんな怖い顔しないで。いいわ、首飾りはしなくても」

お姉様は、諦《あきら》めたように首飾りを私から外すと、ゆっくりと木箱へ戻す。

「でも、ちゃんとした格好はしてね。皇后様にご招待されているでしょ？」

「これじゃ、駄目ですか？」

私は、お気に入りの藍《あい》色の着物を見せるために、ぐるりと回って見せた。再びお姉様の顔を見ると、ひどく渋い表情を浮かべていた。

「玉児《ギョクジ》……」

お姉様は、大きくため息をつくと私の後ろに控えていた玉児の元へゆっくりと歩み寄る。

「苦労をかけますね」

何故《なぜ》、お姉様が労《ねぎら》いの言葉をかけているのか分からなかったが、玉児は嬉《うれ》しそうに、目元を押さえている。

「婚礼の準備をお父様とお母様がしてくださらなかったわけではないのよね？」

お姉様は、玉児を視線だけで促すと、私をおいて着物がしまってある小部屋へと向かった。

「ありますけど……」

私は照れ笑いしながら、姉の後をついていく。着物がしまわれた部屋には、天井まで続く引き出しが設けられていた。一つ一つの引き出しには着物や帯などが入っていると玉児が説明してくれたことを思い出した。勿論《もちろん》、どこに何があるかは忘れてしまったが……。

永慶《エイケイ》様との婚儀が決まった時、両親は泣いて喜び、その日のうちに都中の呉服屋を呼び集めて、着物を作るように指示してくれた。ただ、私からすると、それぞれの着物に大きな違いを見いだせなかった。かろうじて着物の重さで、式典用と普段使いという区別がつくぐらいだ。

「いっぱいありすぎて、ちょっと何を着ていいか分からないんです」

お姉様は、私の頭からつま先までゆっくりと視線をおくり、わざと大きくため息をついた。

「興味がなかったら仕方ないわね」

お姉様は「でもね」と前置きして、素早く引き出しの中から一枚の緑色の着物を取り出した。

「今日《きょう》は、皇后陛下だけではなく他《ほか》の皇子の妃達《きさき》とも対面するのよ。楊《ヨウ》家の恥にならないようにちゃんとしてちょうだい」

玉児は、お姉様から着物を受け取ると他の引き出しから白い帯を取り出し、嬉しそうに準備を始めた。

「そんなに大切な会なんですか？」

今日の会合のことは知っていたが、顔合わせ程度としか考えていなかったので、意外だった。

「ええ。おそらく『星詠《ほしよ》みの巫女《みこ》』の試験について発表されるからね」

お姉様はそういうと、玉児の方へ私の背中を押す。どうやら、この場で早く着替えろということなのだろう。私は、着ている着物を近くの宮女に手助けされて脱ぎながら、かねてからの疑問を口にしてみる。

「みんな、『星詠みの巫女』になりたいものなんですか？」

お姉様は、一瞬驚いたような表情を浮かべるが、少しして余裕のある笑顔を見せた。だが、お姉様の後ろで控えている宮女達は「信じられない」と言わんばかりの驚きの表情を浮かべている。

「星詠みの巫女を妻にした皇子が、次期皇太子になると決まっているからね――」

お姉様は、ゆっくりと今度は装飾品をしまっている部屋へと向かう。今日、初めて訪れたはずにもかかわらず全《すべ》ての位置を正確に把握しているようだった。

「なりたい、という方は多いんじゃないかしら」

お姉様はそういうと迷わず銀色の髪飾りを手に取った。

「妃本人がというより、その周囲が『星詠みの巫女』になるように求めてくるでしょうね。特に、第一皇子殿下は、必死みたいよ?」

お姉様は銀の髪飾りをゆっくりと検分しながら、とんでもない事実を詰まらない世間話をする調子で語り始めた。

「わざわざ西国からお妃様を招かれたぐらいだもの」

「西国から?」

我が国と西国の間には、広大な砂漠があり容易に横断できるものではない。そのため、海路を使わなければいけないのだが、数カ月がかかるだけではなく、命の危険もあるといわれている。

そんな西国からわざわざ妃を招くなど、よほどのことだ。

「西国では聖女として、崇《あが》められていた方らしいの」

「聖女……、ですか?」

あまり聞きなれない言葉に首を傾《かし》げていると、お姉様は私の髪に髪飾りを当てながら小さく頷《うなず》いた。

「なんでも奇跡を起こされたとか、起こされなかったとか」

お姉様は、今度は後ろに控えていた宮女に視線を送ると、髪飾りを宮女へと渡した。宮女は着物を着せてくれている玉児の邪魔にならないように無造作にまとめただけの髪をとかし始めた。どうやらお姉様は、私の着物だけではなく、髪型もお気に召さなかったらしい。

「その第一皇子の妃様が、『星詠みの巫女』の一番の有力候補とされているわ」

「お姉様以上の人がいるんですか？」

当然の質問だったが、お姉様はパッと顔を明るくして朗らかに笑った。

「朱琳ったら、恐れ多いわ」

言葉と裏腹にお姉様の表情はひどく明るい。どうやら『星詠みの巫女』にふさわしいという言葉はお姉様にとって、外聞は悪いものの嬉しい言葉なのだろう。

「私はね、早く後宮から出たいの」

「え？　そうなんですか？」

私を後宮に招いてくれたことから、てっきりお姉様にとって後宮は居心地のいい場所だとばかり思っていたただけに驚きを隠せなかった。

「この数年で、後宮での生活の大変さは身に染みたわ」

「そうなんですか……」

にわかに信じられないという私に気づいたのか、お姉様は小さく「だってね」と微笑《ほほえ》んだ。

「私の息子に何人の毒見をつけているか知っている？」

「昨年、お生まれになられたお子様ですね」

食事をするとなると、確かに毒見は必要だろう。

「もしかして、お子様専用の毒見がいるんですか?」

今朝《けさ》、私の部屋に食事が運ばれる際、毒身役の侍女も一緒に現れた。「食べれば分かるからいいよ」と帰したが、なかなか帰ろうとしなかったことから、問いただしたところ「決まりですので……」と申し訳なさそうにされた。

それが幼い子供にも同様に適用されているのかと感心させられた。

「六人よ」

しかし、私の予想を超えた数に唖然《あぜん》とさせられる。

「調理場で一人、運ばれた後に一人、食べさせている者に一人。日替わりで入れ替えさせているから合計六人がいるの」

毒が入りそうな場面で、毎回毒見をさせていることになる。

「毒見役をつけているということは、公言しているんだけど……、それでもこの半年で、毒見役は、四人も亡くなっているの」

さらり、と恐ろしい事実を告げられ言葉を失う。

「世継ぎがいる皇子は、第二皇子殿下だけだからね。風当たりは強いのよ」

「それは、すごい……」

戦場での容赦ない命の取り合いを思い出し、驚きを隠せなかった。てっきり後宮に住まう人々は、優雅に音楽や芸術を愛《め》でながら暮らしているとばかり思っていたのだ。自分の目的のために幼い子供の命を狙《ねら》う――という点では、戦場の兵士よりも後宮の人々の方が、自分の目的のために手段を選ばない人間かもしれない。少なくとも戦場では、自分の命を獲《と》られることを覚悟した人間が臨んでおり、そんな相手の命を奪うのだから……。

「もしかして、莉莉《リーリー》も――」

私が二年前に亡くなった姪《めい》の名前を出そうとした瞬間、お姉様は私の口元に持っていた扇をかざした。

「おしゃべりな子ね」

そう言ったお姉様の表情はひどく悲しそうだった。

莉莉は、お姉様の最初の子供だ。五年前に生まれ、三歳の幼さでこの世を去った。流行《はや》り病で亡くなった――と聞かされていたが、甥《おい》のことを考えると誰《だれ》かに暗殺された可能性がないわけではなさそうだ。

もしかしたら、お姉様が私を後宮に招いた時に聞かされた『呪《のろ》いの騒ぎ』は、あくまでも口実でしかなかったのかもしれない。完璧《かんぺき》に見えるお姉様だが、信頼できる人間を一人でも多く側《そば》に置きたかったのだろう。

「やっぱりよく似合っているわ」

お姉様がそう言った瞬間、宮女達がパッと私から離れる。

気づいた時には新しい着物に着替えさせられ、頭も痛いほど強く結い上げられていた。ついでに入念に化粧もされている。おそらく鏡には、いつもの私はいないだろう。

「さ、参りましょう」

お姉様はそう言って颯爽《さっそう》と部屋から出ようとする。

「早くないですか？　指定の刻限まで一刻ほどありますよ？」

「あなたは……、新参者のくせに皆様に出迎えてもらおうと思っているのかしら？」

お姉様は大きくため息をつくと、私の手を引いて廊下へと連れ出す。

「変に目を付けられたくないでしょ？」

「そんなに、皇后様って怖いんですか？」

私の質問にお姉様は、小さく笑って首を横に振る。

「皇后陛下は、そんなことで気を悪くされたりなんてされないわ」

「皇后様は、本当にお心が広くていらっしゃるわよね。流石《さすが》、市井出身の星詠みの巫女様なだけあるわ」

お姉様の言葉に被《かぶ》せるようにそう言った声の主を振り返ると、お姉様に負けず劣らず大人数の宮女を引き連れた女性がいた。銀色の着物は、まぶしいほどの光沢を放っていたが、薄い顔立ちの彼女にはよく似合っていた。

「翠玉《スイギョク》様。おはようございます」

　お姉様は、先ほどとは打って変わり、完璧な笑顔を見せながらゆっくりとお辞儀をする。だが、翠玉様は投げやりに「おはようございます」とだけ返事をすると、サッと扇を閉じて私の方へ向けてきた。

「こちらは、第七皇子殿下の？」

「ええ、妹の朱琳でございます。朱琳、ご挨拶《あいさつ》なさい。こちらは第三皇子殿下のお妃様、翠玉様よ」

　翠玉様の尊大な態度が気になり、お姉様に視線を送ると『早く挨拶しろ』と言わんばかりに小さく咳払《せきばら》いをした。

「翠玉様は、郭礼部尚書《カクれいぶしょうしょ》のお嬢様なの。一度、幼い頃、遊びに行かせていただいたことがあるんだけど、覚えてないかしら」

　勿論、覚えていない。

　そもそも幼い頃から兄達と遊んでいた私が大人《おとな》しくできるわけもなく、お姉様のように誰かの家に呼ばれることはなかった。そんな記憶があるはずはなかったが、あえてお姉様は説明する代わりに聞いてくれたのだろう。

「短いご縁になりそうだけど、よろしくね？」

「はじめまして。よろしくお願いします」

大きな声で、そう挨拶すると馬鹿《ばか》にするように翠玉様は高笑いされた。

「まぁ、元気でいらっしゃること。楊家にも、こんな方がいらっしゃったのね」

「元気だけが取り柄です」

私はあえて嫌味に気づかないふりをして笑顔を見せると、翠玉様はつまらなさそうに小さくため息をついた。

「でも、あれだけ婚儀を嫌がっていらっしゃった第七皇子殿下が、結婚された方でしょ？『星詠みの巫女』にふさわしい方で、きっと私なんかとは仲良くしてもらえないと思っていましたわ」

ゆっくり歩を進めながら、翠玉様はそう言って私に微笑みかける。仕方なしに彼女の後をついていく形で私達は廊下を歩くことになった。まるで、彼女のおつきの宮女の一人になったように錯覚する。

「ようやく星詠みの巫女が決まるのね。後宮に入って五年――、長かったわ」

「お姉様より後に入られたんですね」

尊大すぎる態度に、てっきり古くからの後宮の住人だと思っていたので驚きの声を上げると、直《す》ぐさまお姉様から袖《そで》を引っ張られた。その合図の意味を探るために、翠玉様に視線を送ると、苦虫を噛《か》みつぶしたような表情を浮かべている。

「第三皇子よりも第四皇子の結婚を先にしようかって、皇后様が迷われたんですから仕方ないわよね」

　壁の向こうからそう声を投げかけられ、思わずギョッとさせられる。壁の先で私達の会話を盗み聞くだけでなく、自分が出る機会を見計らっていたのだろうか。

　だが、壁の先から出てきた薄紅色の塊のような少女にさらに驚きを隠しえなかった。髪には薄紅色の蘭《らん》──香りの強さからして生花だろうか──を編み込み、薄紅色の着物にも無数の蘭の花があしらわれている。全てが薄紅色で統一されすぎており、目がチカチカしてきた。

「私は第四皇子殿下の妃・蘭琴《ランキン》よ。仲良くしてね」

　そう言って私の手を取った瞬間、あたりに蘭の香りがぶわっと広がった。あまりにも強烈な香りの暴力に唖然としていると、大きなため息が壁の向こうからさらに投げかけられた。

「生花の蘭を無駄に使われて……。公費でお買いになられたんですか？」

　そう言って颯爽と現れたのは、神経質そうな表情を浮かべる女性だった。年の頃はお姉様より二、三歳上だろうか。蘭琴様とは打って変わり、髪をきっちりと結い上げ、後れ毛の一つもない。化粧も最低限といった様子だが、涼しげな目元の彼女には似合っていた。

　そんな女性の小言に、蘭琴様は「そんなわけないでしょ！」と勢いよく振り返った。

「宰相を務めている劉《リュウ》家に、蘭を買うお金がないわけないでしょ！」

　それに、と蘭琴様は胸を突き出しながら片手を胸に当てる。どうやら、胸元で光っている首飾りを見せつけたいのだろう。蘭の意匠をした薄紅色の首飾りが、彼女の胸元で煌《きら》めきを放ったように見えた。

「妃は着飾るのも仕事よ！」

「それは、皇后になってからの仕事ですよ。あまり国庫を無駄遣いしないでいただきたい」

そう言われて、彼女の姿を見ると確かに質素だった。麻のような簡素な着物は、黒一色で刺繍は見当たらなかった。あの格好でいいなら、私も――と思って視線をお姉様に送ると、軽く睨《にら》まれ首を横に振られる。

だが、二人の妃達に向けて直ぐに笑顔を作ると「おはようございます」とお姉様は挨拶をした。

「昭賢《ショウケン》様、紹介させてください。私の妹、朱琳ですわ」

「はじめまして！　朱琳です。よろしくお願いします」

慌てて頭を下げると、蘭琴様の横で呆《あき》れ返っていた昭賢様は小さく頭を下げてくれた。

「ちょっと、昭賢、仲良く挨拶してもお金は取られないわよ？」

蘭琴様の言葉に、ムッとしたように昭賢様は片眉《まゆ》を軽く上げた。

「そういうわけじゃありません」

「ごめんね。朱琳ちゃん、この子、人見知りなのよ」

そう言って蘭琴様は、両手を合わせて謝るような仕草をする。可愛《かわい》らしい人なのは分かるが、一つ一つが彼女から放たれる香りのように、胸やけがするようなしつこさがあった。

「昭賢はお金について、ごちゃごちゃ言うけど悪気はないのよ。御父上が度支尚書《どししょうしょ》だから、ケチくさく育っちゃったのよ」

「ケチって！」

昭賢様は、顔を真《ま》っ赤《か》にして叫んだ。

度支尚書は、国の財政をつかさどる度支《どし》使の長官だ。お金を扱う役職なだけあって、家族にも厳密なお金の使い方を教えているのかもしれない。

「その点、私のお父様は宰相でしょ？　交友関係も広くて、こうやって初めて会う人とだって仲良くできちゃうの」

蘭琴様の言葉に、なるほど……、と感心していた。皇子の妻たる人物は、そうそうたる家系の出身なのだ。

第三皇子の妃の父親は、礼部尚書。

第四皇子の妃の父親は、宰相。

第五皇子の妃の父親は、度支尚書。

単なる皇子の妻ではなく、政治的な思惑を感じさせられる婚姻だった。

「そうでしょうか……。朱琳さん、どう見ても困っていらっしゃいますよ」

昭賢様は、そういうと私達に背を向けてツカツカと廊下を一人で歩き出した。それを追うように蘭琴様が「ひどぉ～い」と駆け寄る。

「幼馴染《おさななじみ》だからかしら、なんだかんだ仲がいいのよね。あのお二人」

いつの間にか私の隣に立っていたお姉様は、私の耳へそう囁《ささや》く。

「でも、なんだか私達って、場違いみたいですね」

私の疑問に、お姉様の頬《ほお》が神経質にひきつるのを感じた。

我が家も貴族だが、父の役職は開府儀同三司《かいふぎどうさんし》だ。いわゆる名誉職で、とくに領土を持っているわけでも政治的に権力を握っているわけでもない。逆によく第二皇子の妻に、お姉様がなれたと思う。

「あ～ら、そんなこともご存じありませんの？」

嬉しそうにそう声高に叫んだのは翠玉様だった。

「だって、第二皇子は亡き淑妃様のお子様ですもの。妃に身分や役職なんて、求める方はいらっしゃらなかったのよ」

「な、なるほど」

不躾《ぶしつけ》な言い様に思わずたじろいでしまったが、確かに納得はできた。

既に後宮で後ろ盾がない第二皇子の妻ならば、権力を持つことがない名誉職の大臣の娘ぐらいがちょうどいいのは確かだ。

「この後宮で一番力を持っているのが、皇后様。そのご子息である第一皇子と第四皇子、第六皇子の妃達も政治的に影響力のある人物が選ばれるのは当然でしょ」

翠玉様は、悔しそうにそう呟《つぶや》く。その口調で、翠玉様が第三皇子の妃だった事実を思い出す。

「第三皇子と……、第五皇子、第七皇子はどうなるんですか？」

翠玉様が挙げた皇子の間の数を挙げると、「本気でおっしゃっているの？」と翠玉様は呆れたように叫んだ。

「皆、賢妃様のお子様ですわ」

妃の名前を挙げられたが、その意図を図りかねて「はぁ」と気のない返事をしてしまった。それに、気づいたのか翠玉様は神経質そうに、もうっ、と床を軽く蹴《け》った。彼女の中での常識を私が知らないため、なかなか話が進まないことに苛立《いらだ》っているのだろう。だが、「仕方ありませんわね」と話を続けてくれた。なんだかんだ、こうして噂《うわさ》話をすることを楽しんでいるのかもしれない。

「皇帝陛下は、当初、星詠みの巫女である皇后陛下以外の妃を迎えようとはしませんでしたの。ところが、皇后様はご懐妊中、体調を崩されて……。その隙《すき》に当時の宰相が、強引に自分の娘を淑妃として後宮に入宮させたんですわ」

国の政治を司る宰相ならば、後宮のことにもある程度、口を出せたのだろう。「なるほど」と感心していると、翠玉様は、嬉しそうに話を続ける。

「その淑妃様との間に生まれたのが、第二皇子になりますのよ」

「一人しかお子様をもうけなかったんですね」

そんなに昔から後宮にいれば、何人も子供ができそうなものだと質問すると、翠玉様は勢いよく頷いた。

「そうなんですの。そこが、皇后陛下の賢いところですわ」

翠玉様は、再びゆっくりと廊下を歩き出す。

「自分の侍女を賢妃に据えて、第三皇子以降は賢妃様と皇后様が交互にお子様をもうけられましたの」

妃の宮女が皇帝の目にとまり、妃に召し上げられるというのはよく聞く話だ。だが、賢妃様の場合、政治的思惑から妃に召し上げられたに違いない。

皇后陛下の思惑があるからこそ、淑妃様の父親は宰相の地位にいないのだろう。後宮が政治と密接に関係している事実を知り、改めて自分の立場の重要性を理解することができた。

「だからね、賢妃様はあくまでも皇后陛下に忠実な立場を崩されませんの。私の夫である第三皇子も――」

何か言いかけて翠玉様は、ハッと我に返ったように無理やり微笑んで見せる。第三皇子妃という立場は、なにかと我慢を強いられる立場なのかもしれない。

「でも、その点、楊家は政治のことなど気になさらなくていいので、安心ですわね」

確かに、と同意しようとしたとき「ですが」と軽やかな声が後ろから投げかけられた。

「楊家は『星詠みの巫女』の家系ですよね」

その優しい声に私は慌てて振り返った。そこには、珍しい形状の着物を身にまとった女性がいた。帯の幅は広く、まるで大輪の花のように結ばれている。決して華美すぎる帯ではなかったが、その華やかな結び目に思わず見とれてしまった。

「お初にお目にかかります。金朝国から参りました香梅《コウバイ》と申します」

「はじめまして、朱琳です」

先に挨拶され、私は慌てて頭を下げる。

「先代の星詠みの巫女は、朱琳様のおばあ様の妹君、とお聞きしておりますわ」

「あ、そういえば、そうでしたね」

私も忘れていた事実に、思わず感心してしまう。

父が名誉職を賜ったのも、祖母の妹の存在があるからこそだ。おばあ様の妹は、我が家では「巫女のおばあ様」と呼ばれていた。ただ、皇后である巫女のおばあ様と面識があるわけではなく、祖母からの逸話をいくつか聞かされるだけの存在だった。「賢い人だった」「皇太子だった陛下と会った瞬間、恋に落ちた」というような浮世離れした話ばかりで、祖母の創作が入っていないとは言い切れない内容を聞かされていた。

そんな「巫女のおばあ様」は、お気に入りの物語に登場する架空の人物のような近いようで遠い存在だった。

「巫女のおばあ様」が物語に登場するような好人物として語られていたのは、楊家を名家にしてもらった、という感謝の意も込められていたのだろう。祖母が嫁いだ楊家は古くから続く名家というわけではない。だが、祖父は官吏に取り立てられ、数年後には要職が与えられた。それは、祖母や「巫女のおばあ様」が亡くなった後も続いている。

ただ、最近は「巫女のおばあ様」を語っていた祖母が不在のため、我が家でその存在は徐々に現実とはかけ離れた存在になっていた。

だからこそ、隣国から来たという香梅様が『星詠みの巫女』の縁戚《えんせき》である私達のことを意識していることに舌を巻いた。異国から嫁いだ彼女は、私達よりも後宮の力関係に敏感なのかもしれない。

「『星詠みの巫女』に身分や地位は必要ありませんでしょ?」

そうなのか、と新たな事実に感心する。

「先代も宮廷画家の娘、皇后陛下も通訳をなさっている通事《つうじ》の娘――」

例に挙げられた二人は、貴族出身というわけではない。

「皇太子と星詠みの巫女は引き合うって言われていますけど、きっと本当なんでしょうね」

少しウットリしたような表情で香梅様にそう言われ、何故だか理由もなく背中が寒くなるのを感じる。

「『星詠みの巫女』って、とても素敵な制度だと思うんです。妃が星詠みの巫女として、皇帝陛下をお支えするなんて」

少し間を置くと、香梅様は私をじっと見据えた。

「だからね、妾《わらわ》も負けませんわ」

軽やかに微笑みながら、そう言って私達の横を通り過ぎていった香梅様からは、珍しいお香の香りがした。

そんな香梅様の後ろ姿が見えなくなる頃、翠玉様は大きくため息をついた。

「あのお方、金朝国の公主ってこと以外、誇れることがないのよ」

何故だか慰めるようにそう言われた。意外にも翠玉様が一番分かりやすくいい人なのかもしれないと思わされた。

「遅れないかしら？」

静かだが透き通るような声が、私達の横を駆け抜けていく。それは、全身白い着物をまとった金色の髪をした女性だった。着物の形状は不思議で、どうなっているのか見当もつかなかったが、布がふんわりと広がっている構造は西国の着物とよく似ている。

「おはようございます。もうそんな時刻ですか？」

お姉様は慌てて私の手を引っ張り、足早に女性の後を追いかける。そんな私達に気づいたのか、翠玉様もバタバタと追いかける音が背後から迫ってくる。

「おはよう。朱霞《シュカ》、そちらは妹の？」

金髪の女性は、軽やかに私達に振り返るとそう尋ねた。

「はい！　楊朱琳です。よろしくお願いします」

小走りに歩きながら、私は慌てて頭を下げる。

「私はエレナ。朱霞にも朱琳にも神のご加護があらんことを」

エレナ様は微笑みながらそういうと、ゆっくりと胸の前で十字を切り、小声で何かを唱える。

「西国では、ああやって祈りを捧げるみたいなの」

エレナ様を不思議そうに見つめている私に気づいたのだろう。お姉様は、私の耳元にそっと囁いてくれた。

その一言で、エレナ様の髪の色が綺麗《きれい》な金色なことも、透き通るような青い瞳《ひとみ》も説明がついた。彼女が第一皇子の妃なのだろう。

「楽しみね」

エレナ様は、誰にというわけではなく、そう言った。

「楽しみ――ですか？」

私達を代表するように、お姉様がそう尋ねる。

「ようやく、星詠みの巫女が決まるわ」

そう言ったエレナ様の横顔は、どこか晴れ晴れとしており、ここではないどこか遠い場所を見つめられているようだった。

「苦しんでいる人に、神の教えを伝えるのが私の役目」

エレナ様は、そう言って胸元にかけられた十字の首飾りを握りしめる。それは木でできているのか、ひどく簡素な素材だったが、磨きこまれているからか光沢を放っており、大切に扱われているものだということが伝わってきた。

私達が集められた広間まで、エレナ様と交わした言葉はそれだけだ。だが、エレナ様は他の妃達とは全く異質な存在だということを知るには、十分だった。

「皆の者、よく集まってくれた」

刻限通りに現れた皇后陛下は、そう言って私達を見回した。

正式な式典というわけではなかったが、皇后様は重厚な赤い着物を身にまとい、髪は重くないのかな……、と心配になるほど装飾品が挿し込まれていた。皇帝陛下からの寵愛《ちょうあい》や富の象徴なのかもしれないが、大変だな、と同情させられる。せめて、皇后様が私とは違い着飾ることを好んでいらっしゃるといいのだけど――、と思わずにはいられなかった。

「第七皇子・永慶殿が、妃を迎えられた。楊朱琳殿だ」

既に妃の方々とは挨拶済みだが、改めて皇后様に紹介され、私は静かに片膝《ひざ》を床につき両手を合わせ額に当てるようにしてお辞儀をする。後宮に来る前に「これだけは」と叩《たた》き込まれた正式な礼の仕方だ。

『七人の皇子が妃を迎えたので、かねてから行う予定だった『星詠みの巫女』の選抜を行いたいと思う」

私が椅子《いす》に座るのと同時に、皇后様はそう高らかに宣言された。

「試験は三つ用意しておる」

三つも試験があることに驚いたのは、私だけではなかったようだ。その場に、動揺するざわめきが広がる。

「一つ目は、酒の銘柄を当てる簡単なものだ」

皇后様がそう言って手を上げると後方の扉が開き、十数名の宮女達がわらわらと広間へ入ってきた。彼女達の手には盆があり、その上には小さな杯が所せましと置かれている。二人の宮女が、私の座っている椅子の横にある机の上に持っている盆を置いた。

机からは様々な香りが、競い合うように湧き立つのが分かる。酒に弱い人ならば、この匂いだけで気分が悪くなるのではないだろうか。現に私はその香りで、頭の芯《しん》が少しふんわりするのを感じる。

「全部で二十八ある。どこの産地のものか当てるのが、第一試験の課題じゃ。それぞれの酒はそなた達の部屋へ既に届けておる」

いたって単純な試験の内容に、感心していると皇后様はさらに言葉を続けた。

「試験は一月後。それまで相談するもよし、専門のものに調べさせるもよし。何ならば、後宮の外に出て調べてもよい」

事前に調べてもいいと言われ、さらに試験の意図を掴《つか》みかねた。単なる妃達の知識量を確認したいという試験ではないのだろう。

「試験後、そなた達には瑞鳳閣《ずいほうかく》へ移ってもらいたいと考えている」

瑞鳳閣という言葉に、ざわめきの声がさらに高くなる。

「お言葉ですが、瑞鳳閣は先帝時代に后妃を競わせるために造られたものではございませんか？」

そう切り出したのは蘭琴様だった。

「そうじゃ。現在、そなた達は皇子の宮で生活しておろう。手狭かと思ったが、なかなかよい宮がなくてのぉ。改修は既に住んでおる故、安心せい」

皇后様の説明に蘭琴様は「ですが……」とまだ、何か言いたそうな雰囲気だったが、皇后様が軽く視線を送ると蘭琴様は静かに俯《うつむ》いた。

「宮は全部で七つある。割り当ては第一次試験の結果順に上から割り当てる故、励むがよい」

皇后様はそう言い切ると、質問や反論は許さないと言わんばかりに足早にその場を去っていった。

「調査のためなら、後宮の外に出られるなんて、びっくりです」

広間からの帰り道、お姉様と二人で廊下を歩きながら私はずっと疑問に思っていたことを口に出した。てっきり後宮に一度入ったら、なかなか出られないのだとばかり思っていただけに、驚きしかなかった。

「それは、私達がまだ後宮の住人じゃないからでしょ」

当たり前のことだと言わんばかりにお姉様はため息をついた。

「皇太子妃となったら、絶対出られないわよ」

「永慶様も州公になられたら、出ていくわけですものね……」

なるほど、と感心しながら頷いていると、お姉様は大きくため息をついた。

「でも、私は調査のために後宮を出たくても出られないわ。子供が小さいからね」

試験まで一月《ひとつき》という期間が設けられているが、小さな子供を連れて外出するのは決して簡単ではないだろう。そして、お姉様が安心して子供を任せられる相手が後宮にはいないのだろう。

「大丈夫です。私が、お姉様の代わりに調べてきますから！」

「あら、頼もしいわ」

お姉様は、そうさらりと呟く。おそらく、私の調査力にさほど期待していないのだろう。

「でも、変な話ですよね」

「変な話？」

お姉様は今回の試験の違和感に気づいていないのか、不思議そうに首を傾げる。

「なんで、試験なのかな……って」

「皇帝陛下に出会われたんですよね？」

「いや、だって、皇后様は、『星詠みの巫女』として、皇帝陛下に出会われたんですよね？」

お姉様は、まだ釈然としないといった様子で「そうよ」と頷く。

「皇后陛下は何か試験でも受けられたんですか？」

お姉様の後ろの宮女達から上がる息をのむような静かな悲鳴に、自分の発言が不遜《ふそん》だったことに気づかされる。だが、お姉様は静かに「そうね……」と思案を巡らせた。

「皇后陛下は、通事だったお父様と外国の使節団を歓迎する席で、当時皇太子だった皇帝陛下と出会われたって聞いているわ。出会った瞬間『この人だ』って気づかれたのだとか……」

そう言う姉の語尾には力強さが感じられなかった。

それでは単なる一目惚《ぼ》れではないか、と釈然としないが、勿論、さすがにそれを口に出すことはしなかった。

「もし、私達の中に星詠みの巫女がいるなら、皇子とそういう出会い方をしているんじゃないですか？」

現に私と永慶様は、そんな劇的な出会いを果たしていない。もともと、自分が『星詠みの巫女』になるとは思っていなかったが、これまでの星詠みの巫女の話を聞いていると、その予想は確信へと変わっていった。

「え……」

そう声をこぼした瞬間、お姉様の頬が驚くほど赤くなった。

「お姉様?」

「これを言うと、自分が『星詠みの巫女』って公言しているみたいだから、言いたくないんだけど……、殿下と出会ったのは千人茶会の時だったの」

千人茶会とは、一年に一度後宮で開催される大規模な茶会だ。

単なる茶会ではなく、普段、後宮から外に出ることが憚《はばか》れている后妃や宮女が家族に会うための貴重な機会でもある。

「お兄様は、千人茶会の采配をされる部署にいて、そのお手伝いに行った茶席に、第二皇子殿下がいて……」

そう言うと、お姉様は両頬に手を当てて嬉しそうに俯いた。

「皇后陛下が『この人だ』って思われた気持ち、すごく分かるの。目が合った瞬間、体が動かなくなってしまったの」

「目が合っただけで分かったんですか!」

お姉様は、なんと手を握らずに相手に対する好意を感じられたのかと、思わず驚きの声を上げてしまった。もしかしたら、恋愛に関しては永慶様や私よりも経験値が圧倒的に多いのかもしれない。

お姉様は、私の驚きに気づいていないのか「そうよ?」と怪訝《けげん》そうな表情を浮かべる。だが、少しすると気にした風もなく、当時の様子を語り始めた。

「会った時は皇子だって全然知らなかったぐらいなのよ」

「え、皇子って分からないもんですか？」

後宮について詳しく知らなければ、皇子の顔と名前が一致しないのは自然だろう。でも、皇太子ではなくても、皇子は他の官吏などとは異なり、高価な着物を着ているのが一般的だ。少なくとも『普通の官吏ではない』と認識できたのではないだろうか。

「その時、殿下は官吏の着物を着ていらっしゃってね。ほら、永慶様もそうでしょ？」

占見台《せんけんだい》で官吏の質素な着物を着ていた永慶様を思い出し、なるほどと頷く。

「私もお兄様の手伝いだったから宮女の着物をお借りしていたの。だから、殿下も私のことを宮女の一人だと思われていたの」

「じゃあ、側妃にという話だったんですか？」

私の疑問に、お姉様はゆっくり首を横に振った。

「殿下ったら、私を宮女だと勘違いして『後宮から抜け出して一緒になろう』とおっしゃってくださったのよ」

「それって、重罪ですよね」

後宮で働く宮女が、勝手に後宮から抜け出すのは重罪だ。捕まれば死罪になりかねないし、逃亡を手伝った人間も罰せられる。だが、お姉様は苦笑すると小さく頷いて私の言葉を肯定する。

「嘘《うそ》ですよね……」

私は思わず、耳を疑った。

「嘘って、ひどいわ」

お姉様は、可愛らしく頬を膨らませて見せる。

「だって、お姉様、昔、従姉《いとこ》のお姉様が従者と駆け落ちした時、二人がいかに愚かかって、当分の間、罵《のの》っていたじゃないですか」

十年以上前になるが、子供ながらに従姉の駆け落ち事件は、衝撃的なものだった。結局、二人は近くの農村に身を潜めていることが分かり、従姉は無理やり連れて帰られた。駆け落ちしたという外聞の悪さから結婚ができるはずもなく、数年後には尼寺へと行くことになったのだ。

その時、楊家の中で誰よりも従姉の愚行に憤慨していたのは、お姉様だった。

「女は結婚がすべてなのに」

「農村で農民になるつもりだったの？」

「愛でお腹《なか》がいっぱいになるわけないのに」

と数年にわたり、従姉の愚行を罵っていた。

「あの事件が起こった時は、子供だったのよ。本当に人を好きになったら、その人の側にいることだけしか考えられなくなるものなの」

「そうなんですか……」

私もいつか、全てを投げ捨ててもいいと思えるような人が現れるのか――、と考えてみたが実感があまり湧かなかった。

「殿下とだったら、駆け落ちをしてもいいと思っていたわ。だって、当時、私は李《リ》家との婚儀の話がまとまりかけていたの」

私とは違い、お姉様の結婚相手は引く手あまただったらしい。家庭教師が、あの時は本当にすごかったんですよ、と耳にタコができるぐらいお姉様の武勇伝を聞かせてきたほどだ。

「宮中で働くとはいえ、どこの家の方かも分からない方と一緒になるなんて、正気の沙汰じゃないわよね。でも、あの時は何も怖くなかったの」

お姉様は照れたように笑いながら、胸を張った。

「この人とならば、どんな辺境でも農民としてだって生きていけるってね。だから、私二つ返事で承諾をしたのよ。でも、直ぐにお兄様が第二皇子殿下ということを教えてくださって、結婚することになったの」

なんだか嬉しそうに語るお姉様の惚気《のろけ》話を静かに聞いているのが馬鹿らしくなり、私は大きくため息をつき、惚気話を終わらせることにした。

「でも、他の皇子妃様達を見ると政略結婚って感じですから、お姉様が『星詠みの巫女』でいいじゃないですか。世継ぎの男児もいるわけだし」

「朱琳！　誰かに聞かれたら命とりになるわ」

　お姉様は珍しく慌てて、私の口に手を当てた。後宮では整った笑顔ばかり見せるお姉様がこうも慌てるのは、きっと第二皇子との出会いを語り、素の彼女が出たからかもしれない。

　私は仕方なく「はーい」という間延びした返事をすることにした。

「それより、ちょっといいかしら」

　そう言って、お姉様は周囲を見渡し私の手を引いて直ぐ側の扉の中へ連れ込んだ。そこは壁一面に書物がしまわれている部屋だった。黴《かび》くさい匂いと紙と墨の独特な香りが、鼻腔《びくう》をくすぐる。決していい香りというわけではないが、嫌いな匂いではない。

「相談したいことがあるの」

　お姉様はそういうと、宮女達を片手で制し「誰かが来たら教えるように」と言って、書庫の奥へと向かって歩を進める。どうやら本気で私以外の人間の耳に入れたくない情報なのかもしれない。

「私はね、星詠みの巫女になりたいわけではないの。でもね……、瑞鳳閣の六番目の開陽宮《かいようきゅう》を割り当てられるのは耐えられないわ」

　恐怖が張り付いたようなお姉様の表情に、皇后陛下が『瑞鳳閣』の名前を出した時、広間に広がったざわめきを思い出した。

「そんなに汚い部屋なんですか？」

私の推察に、お姉様は勢いよく首を横に振って否定した。

「呪われているの」

「え……」

そもそも、私が後宮に呼ばれたのは『呪い』がきっかけだったことをその言葉で思い出された。どう考えても、あの癖しかない皇子妃達が原因としか思えなかったが、他にもなにか要因があるのかもしれない、と思い直し私はお姉様の話を促すことにした。

「あの瑞鳳閣は、先代の皇帝陛下の時に使われていた宮なの」

皇后陛下が「改修した」と言っていたので、古い宮だと思っていたが、先代の御代となると今から五十年ぐらい前の話になる。

「その時ね、六番目の后妃様が何者かに呪われて、あの宮で亡くなられたのよ」

「それって、誰かに殺されたか暗殺なのでは？」

皇太子争いのために、皇子妃があれだけいがみ合っているのだ、皇帝の寵愛を受けるために后妃達が争うとなると死人が出ても不思議ではない。

「でも、部屋は内側から鍵《かぎ》がかけられていたのよ」

「じゃあ、毒では？」

毒を飲ませれば、犯人が出ていった後に部屋の鍵をかけてもらえば密室ができあがる。

「それが死因は絞殺。首を絞められていたの。自分で首を絞めて殺すなんて、できないでしょ？」

どこかに紐《ひも》を引っかけて首を吊《つ》るならば現実的だが、か弱い后妃が自分で首を絞めて自殺するというのは、なかなか考えづらい。

「でも、犯人が出入りしたような跡はなくて、それをきっかけにあの瑞鳳閣は利用されなくなったのに……。なんで今さら」

お姉様は本気で怖がっているかのように両腕を抱いて、小刻みに震えている。

「でも、六番目の妃は、どうやって呪われたんですか？　呪われた壺《つぼ》とかがあったんですか？」

不可解な死ではなく『呪い』とされる根拠があるのかと聞いてみると、お姉様は「宮女の霊」と神妙な面持ちで呟いた。

「開陽宮に住んでいた后妃様は、有力貴族のお嬢様だったんだけど……、その見た目がね？　ほら」

お姉様は苦笑いをしながら、言葉を濁す。おそらく、美人とは程遠い容姿をしていたのだろう。皇子の妃達を見ても分かるが、皇帝の妻は皇帝が選ぶわけではない。政治的な思惑などで、後宮に入宮させられる令嬢も少なくないはずだ。

「ところが、后妃の専属の宮女が本当に美人だったのよ。皇帝陛下が気に入られてね、后妃の宮へ来るのは宮女に会うため……、みたいな状態になっちゃったのよ」

「それは、さぞ后妃様は尊厳が傷つけられたでしょうね」

良家のお嬢様は、見た目だけで自分が蔑《ないがし》ろにされるなどという経験はしていないはずだ。それこそ、人生で初めてに近い挫折だったに違いない。

「そうなのよ。徐々に宮女がいびられ始めるようになってね。最終的には宮女は、瑞鳳閣の中庭にある梅の木で首をくくって死んでしまったの」

「それは惨《むご》い……」

一度、后妃や宮女として後宮に入ると、そう簡単には外には出られない。とくに、后妃の専属の宮女となると、主《あるじ》にあたる后妃が許可を出さなければ配置換えはしてもらえない。そして、后妃は宮女に生き地獄を体験させるために、決して配置換えの許可を下ろさなかったのかもしれない。

「それから毎晩、開陽宮に幽霊が出るようになったんですって」

「それで、呪い──と」

確かにそんな宮は使いたくないかもしれない。

「他の妃達もきっと調べてくるはずだから全問正解に近くないと、開陽宮を免れられないのよ？　どうしましょう……」

「別に全問、正解する必要はないいんじゃないですか？」

私の言葉をにわかに信じられないと言わんばかりに、お姉様は軽く睨む。

「全問不正解する人が一人、さらにもう一人、それに準ずる成績をとってくれる人がいれば、七番目と六番目の宮は埋まりますよね」

私の説明にお姉様は、「そうね」と明るく手を叩く。

「でも、それが問題なんですよ」

今度は驚いたようにお姉様は「えっ？」と聞き返した。

「私は、星詠みの巫女になりたいわけでもないですし、永慶様も望まれていません。なので、全問不正解でもいいんです。でも、もう一人、あえて六番目になってくれる人を探すのは、難しいですよね」

皇子妃達は、お姉様と私を除いて全員が『星詠みの巫女』になることを目指している。

「幽霊が怖いという理由で、助けてくれる奇特な人は――」

「お手伝いしましょうか？」

私の言葉を遮るようにそう提案してくれたのは、本棚の裏から現れたエレナ様だった。片手には何冊かの古い本が抱えられていた。入り口の宮女達が声をかけてくれなかったことからすると、私達よりも先にエレナ様は書庫にいたのかもしれない。

確かに、書庫に入る時、他に利用している人がいるか確認はしていなかった。

「え、エレナ様！」

お姉様はびっくりして、両手で口を押さえる。幽霊が怖いから試験で不正をしよう、なんていう計画はあまり聞かれて嬉しい話ではないだろう。

「もし、生前に受けた仕打ちに心を病む霊がいるならば、対話がしたいと思います」

　この共謀に快諾してくれた理由が、意外すぎて耳を疑った。

「霊とお話しできるんですか？」

　思わず聞いてしまうと、エレナ様は苦笑しながら首を横に振った。

「できないわ。ただ、死者の声に耳を傾け、できるならば迷える霊の魂を癒してあげたいとは思っていたの」

　母国で『聖女』と称されていた理由が分かったような気がした。怖いよりも、救いたいという気持ちを強く持つということは、決して真似《まね》のできない芸当だ。

「実はね、私はお酒を飲むことが戒律で禁止されているの。だから、こうして調べていたんだけど……」

　エレナ様はそう言って、本の束を軽く持ち上げて見せる。彼女がこの古びた書庫にいた理由が分かり、なるほどと感心させられる。

「もし、よかったら、一緒に答えを探させてもらえないかしら」

「よろしくお願いします」

　私達はそう言って、手を取り合った。後宮に来て初めて、仲間ができたような気がして、嬉しかった。

「これって、難問よね」

私は机の上に酒を注いだ杯を並べながら、大きく息を吐いた。夕餉《ゆうげ》の後からずっと酒を飲んでいたのだが、あまり大きな違いは見いだせない。

微《かす》かに色が違う気もしたが、だからといって答えが導き出せるわけではなかった。

「星詠みの巫女の課題か？」

突然声をかけられて、慌てて振り返るとそこには永慶様の姿があった。

「あ、あれ……？」

夫婦の寝室には来ないと宣言されていたので、彼が部屋にいることが驚きでしかなかった。

「そんなに、驚かなくても」

少し悲しそうに笑いながら、永慶様は私の隣にある空いている椅子に座った。

「利き酒の試験と聞いたので、役に立てるかと」

「お酒、好きなんですか？」

まぁ、と永慶様は優しそうに微笑む。

「玉児、永慶様に杯を――」

玉児を呼ぼうと声をかけようとすると、永慶様は「大丈夫だ」とその言葉を遮った。

「さらに二十八個となると、玉児も大変だろう」

そう言って、永慶様は酒が注がれている杯を静かに持ち上げて、軽く唇を酒につけた。飲むというより舐《な》めるような仕草は、綺麗で私は言葉を失った。

「一番だが、これは華州《かしゅう》のものだな」

「よく分かりますね」

これまで、全てただの酒にしか思えなかっただけに感心させられる。

「少し酸味が強いので、直ぐに分かった」

そう言って差し出された杯の縁をひと舐めしてみると、確かに強い酸味が口の中で広がる。

「すごいですね。お酒、詳しいんですね」

私が感心していると、永慶様は苦笑しながら首を横に振った。

「味で分かるわけではない。消去法だ」

「消去……？」

永慶様の言葉の意味を理解しかねて首を傾げると永慶様は、懐から一枚の地図を取り出した。

「我が国には二十八の州がある。それぞれの州は独自の酒造法や特産物があるため、酒の味も違うんだ」

永慶様が指さした地図を見ると、華州がありそこにはその土地の特徴などが小さく書き込まれていた。

「なるほど……、第一試験の課題は、お酒から各地の情報を収集して欲しいってことなんですね」

星詠みの巫女とは関係なさそうな試験課題の意図を理解して、私はなるほどと頷く。

「さすが、皇后陛下の考えられた試験だ。だが、難問が一つある」

永慶様は、ゆっくり二十五番目の酒の杯を持ち上げた。

「二十五番目の杯はおそらく、紫州《ししゅう》の酒なんだが……」

私は永慶様から杯を受け取り、口をつけてみると甘い香りと燻《いぶ》したような香りが鼻腔に広がる。

「朱色だろ？」

黒に近いその液体の匂いは今まで嗅《か》いだことがない香りだった。

「紫州でよく造られる酒は、米を使って造った酒なんだが」

「二十五番目だけ、あえて別の国のお酒を取り入れるのは不思議ですよね」

紫州が最近我が国の領土になったわけではないし、都から数日の距離にあるものの、内陸地にあり決して貿易が盛んな州というわけでもない。

紫州の地図を見ても朱色の酒が製造されているというような情報はなかった。

「行ってみませんか？」

「は？」

私の突然の申し出に、永慶様は驚きの声を上げた。

「行くって？　紫州にか？」

私は当然だ、と頷いた。

「行ってみないと分からないじゃないですか。皇后様も後宮の外に出てもいいと、おっしゃっていましたし」

「だが、紫州まで行くまでに十日はかかるぞ」

「牛車《ぎゅっしゃ》で行けばそうかもしれませんが、馬でならば一週間で往復できます」

私の提案に永慶様は、目を見開くが少しして首を横に振った。

「危ないではないか」

「大丈夫ですよ。あ、永慶様が心配なようでしたら、私一人で行きますので安心してください。男装していけば、きっと分かりませんよ」

心配性すぎる永慶様に私は、小さくため息をついてそう言った。私の態度に全てを察したのか、永慶様は勢いよく立ち上がった。

「分かった。私も行く」

とんでもない提案に、私は驚きを隠せなかった。

「馬、乗れるんですか？」

足手まといになられたら困る、と思い尋ねると永慶様は顔を真っ赤にして「当然だ」と言い放った。少しむきになってそういう永慶様が可愛らしく、私は思わず苦笑してしまった。

「禁軍の制服でいいか？」

突然の提案に私は思わず「え？」と間抜けな声を上げてしまった。

「着物だ。その着物で行けば金目の物を持っていると目をつけられるだろ」

慌てて、私は「そうですね」と適当な返事をする。てっきり、私が元禁軍で軍師をしていたことがばれたのかと焦ってしまった。

「禁軍の兵士になら、夜盗もうかつに手を出すまい」

永慶様の説明になるほど、と私は静かに納得する。禁軍の兵士が襲われた場合、たとえ数人であろうと、禁軍は全力で犯人を捜すのが通例だ。そのため、計画的な暗殺でもないかぎり、気軽に禁軍を襲う人は珍しい。そして、そんな裏事情を知っている永慶様は、お忍びで城外に行くことは、珍しいことではないのかもしれない。


紫州へ行くと決めてから三日後、私は第三師団だった当時に着ていた着物に身を包んで、後宮の門前に立っていた。

「お嬢様、本当にご一緒しなくて大丈夫ですか？」

玉児は半泣きになりながら、私の手を取った。

「大丈夫。お酒を飲みに行くだけだよ」

紫州行きに最後まで反対したのは、彼女だった。今でも私の言葉を何一つ信じていないのがひしひしと伝わってくる。

「大丈夫だ。私も一緒だ」

私と同様に第三師団の着物を着用した永慶様が、そう言って玉児の肩を優しく叩いた。正直、永慶様に守られる、というよりも守るという状況の方が適切なのだが、あえて私は言葉にすることはなかった。

「それに、ちょうど紫州は第三師団が駐留――」

しているみたいだ、と言いかけたが玉児は素早く私の口に手を添えて、言葉を遮った。

「兄上がいらした第三師団ですから、安心ですね」

にこやかにそう言った玉児の目は、決して笑っておらず「決して言ってはいけない」と釘《くぎ》をさされたのが分かった。

私は玉児の手を取りながら、小さく「分かったから」と彼女を落ち着かせることにした。

「第三師団に、兄上が従軍されていたのか？」

玉児から離れ馬の元へ行くと、既に馬に跨《また》がった永慶様は不思議そうに尋ねてきた。

「既に除隊していますけどね」

私は手を貸そうとする宮女の手を払い、素早く馬に跨る。

「兄は……、第三師団の軍師でした」

過去形にしながら説明することで、第三師団にいた自分が既に過去のものになっていることに私は心がざわつくのを感じた。

兵の服装をしているからといって、第七皇子である永慶様と二人で紫州に行くことは許されなかった。十人程度の従者が常に馬で同行していることもあり、旅程は当初の往復一週間の倍の日程が組まれた。それでも、都を出てから一週間した頃には、田園が広がる紫州にたどり着いていた。

「お迎えに参りました」

くたくたになった私達を迎えてくれたのは、斉照《セイショウ》だった。

「朱雀《シュジャク》殿……？」

まるで死人を見るかのような目で私を見た斉照は、唖然とした様子で私を見つめていた。それも当然だろう。夜襲を受けた傷が原因で除隊し、その後は一切第三師団とは連絡をとることを禁じられていたのだから。師団の中には、私が死んだと思っている人も少なくないだろう。

だが、このまま朱雀と思われるのは、非常に危険だ。私は素早く斉照の馬の横につけて、こっそり耳打ちをする。

「今は妹の朱琳として、あのお方を護衛している。知らないふりをしてくれ」

「だが、あのお方は――」

言うな、と私は首を横に振る。斉照は、まだ納得していないといった様子だったが、私が少し睨むと渋々といった様子で頷いた。

「兄とは似ているので、よく間違われるんですよ」

永慶様に聞こえるようにわざとらしくそう言うと、斉照はぎこちなく声を上げて笑った。

「大変失礼しました。本当によく似ていらっしゃったので」

斉照の言葉を待って、振り返ると少し憮然《ぶぜん》としながら私達に視線を送る永慶様の姿があった。

「紫州の酒蔵をご覧になりたいとのことでございますよね」

斉照がぎこちなくそう言うと、永慶様は小さく頷いた。

「こちらでございます」

そう言って、私達を先導する形で馬を進めた斉照に続く形で、永慶様が私の横に馬を進めた。

「ずいぶん、仲がいいようだな？」

そう言った永慶様は、珍しくどこか拗《す》ねたような表情を見せていた。その理由は、よく分からなかったがあまり見ることがない永慶様の姿に、思わず笑みが浮かびそうになる。ただ、そのまま微笑むとあらぬ誤解を与えそうなので、必死に耐えて私は首を傾げてみせた。

「そうですか？　ただ、兄が我が家で療養中に、何度か会ったことがあったので」

そう言って、永慶様を覗《のぞ》き見ると、やはり納得していないという表情で短く「そうか」と頷いて馬を進めた。

酒蔵は、紫州の州境から少しの場所にあった。天井まで届きそうな大きな樽《たる》が蔵の中には六個ほど立ち並んでいる光景は、まさに圧巻だった。

「このような酒蔵が、州内には複数個所あります」

「すごいですね」

感心していると、作業をしていた職人が私達の存在に気づき、気のいい笑顔を見せた。

「兵士さんよ、今年の出荷分を瓶詰めしているところでさぁ。よかったら味見してくれよな」

そう言うと、足場から身軽に飛び下り、私達についてこいと手招きした。

「今年は酒のできはいいんですか？」

永慶様は、職人についていきながらそう質問すると、職人はくしゃりと顔を崩して頷いた。

「あぁ、昨年は米が豊作なだけじゃなく、質もいい。量も味も確かなものが、出荷できるはずですよ」

「そっか……、米が原材料だから不作、良作があるわけですね」

永慶様の質問の意図を理解し、私はなるほど、と小さく頷く。

「おかげで、今年は桃酒の出番はなさ——」

「おい」

短い怒声で、職人の言葉を遮ったのは斉照だった。どこか焦りと不安が入り混じった表情を浮かべていた。

「桃のお酒もあるのか？」

試験の課題となっていた酒が、甘味が強く琥珀《こはく》色をしていたことを思い出した。

「密造酒のことだな」

永慶様は、最初から知っていたように、そう呟いた。

「い、いえ、混ぜ物をした酒のことで――」

真《ま》っ青《さお》な表情を浮かべ言葉を失っている職人に代わり、斉照がそう弁明する。

「斉照、話してくれ。別に、責めるつもりはない。私達は、この酒を探しているんだ」

私は、そう言って永慶様の後ろにいた従者から酒瓶を受け取る。

「これは……」

斉照は瓶の蓋《ふた》を開けて匂いを嗅いで、一瞬で気づいたようだ。

「樽の色が酒に移ったのだろ？」

永慶様は、そう言って近くの酒樽を軽く叩いた。

「紫州では、桃の樽に酒を入れて寝かせたものを売り出しているという噂を聞いている。万が一、積み荷を調べられた時も桃の樽を使えば『桃を運んでいる』とごまかすことができるからな」

「それで、今年は密造酒はいらないっておっしゃったんですね」

私は、先ほどの会話がようやく一本の線につながり、なるほどと頷いた。密造酒は単に副収入を得るのが目的というわけではない。万が一、材料が不作だった場合も一定の税を紫州は納めなければいけない。その税の足しにするために密造酒を造っていたのだろう。

「だから、第三師団の斉照も手伝っていたんだな」

私の質問に斉照は、観念したように頷いた。

「将軍が紫州の現状をお知りになって、力になるようにと――」

本来ならば、密造酒造りを手伝うのも重罪だ。だが、第三師団の師団長である将軍ならば、当然のごとく彼らを援助するための命を下すだろう。

「それで、師団の制服を着ている私達のことも仲間だと思ったんだな」

なるほど、と感心していると職人は勢いよくその場で、叩頭《こうとう》した。

「私一人で計画したことでございます。他の者は関係ありません」

税収を補うほどの密造酒を彼一人で造れるはずはない。おそらく、全ての罪を自分が被るつもりなのだろう。

「いえ、罰するつもりはございません」

「国も黙認しているしな。さ、今年の酒を買って帰るか」

永慶様は、そう言って斉照や職人を後目《しりめ》に、颯爽と蔵の出口へ向かっていった。

「密造酒をですか？」

永慶様の姿を追いながら私は、思わず驚きの声を上げてしまった。すると、永慶様は楽しそうに小さく頷いた。

「税を納めてもらえれば、どんな形であろうと国に文句はないだろ。それに、税は民を苦しめるためにあるわけではない」

「それは、そうですけど……」

どこか釈然としない気持ちになるのは、おそらく課題に出されたお酒を最初から永慶様は密造酒だと踏んでいたことが分かったからだ。

「不満そうだな」

そんな私の心中を察してか、永慶様は意地悪そうに微笑む。

「最初から言っていただければ、こんな遠くまで――」

来なくて済んだのに――、と言いかけた私の言葉を「嫌だったか？」と永慶様は遮ると立ち止まり、ゆっくりと私に振り返った。

「私との遠出は、嫌だったか？」

からかうようにそう言われ、私は小さく「違いますけど」と呟いた。確かに、この一週間、思う存分、馬に乗れて楽しかった。

「それは、よかった」

永慶様は、満足そうにそう言うと、蔵の外に止めていた馬の元へ軽やかな足取りで歩いていった。もしかしたら、永慶様にとってもこの一週間は、楽しい時間だったのかもしれない、そう思うと何故か心が温かくなるような気がした。

「しかし、あっさりと解決したな。これなら問題なく星詠みの巫女になれるな」

私は自分の胸の内を覗かれたような気がして、慌てて永慶様の腕を掴んだ。

「だ、大丈夫？」

「大丈夫です」

永慶様は、手を止めて不思議そうな表情をしながら、私の言葉を促す。

「私、不正解になるために、調べているだけですから」

「不正解に？」

怪訝そうな永慶様を安心させるために、私はさらに言葉を続ける。

「間違って私が『星詠みの巫女』になったら、簡単に離縁なんてできなくなるじゃないですか」

あれだけ権力の中枢にいる令嬢や完璧な淑女であるお姉様、聖女であるエレナ様という錚々《そうそう》たる面々がいる中で、私が『星詠みの巫女』になるわけはない。だが、永慶様との約束を私が忘れているわけではないと、少しでも安心させたかった。

「そんなに離縁したいのか？」

だが、永慶様から返ってきた言葉は感謝の言葉でも喜びの表情でもなかった。捨てられた仔《こ》犬《いぬ》のような寂しそうな表情を浮かべている。

まるで永慶様は私と離縁したくないのではないか、そう都合よく錯覚をしそうになり私は慌てて首を横に振る。

「永慶様が嫌いとか、そういうわけではなくて、離縁しないと永慶様が困るじゃないですか」

無理やり笑って見せると、永慶様は不思議そうに首を傾げる。

「それは……」

言葉に詰まる永慶様は、きっと想《おも》い人のことを考えているのだろう。

「貴族が、側妃を迎えるのは、常識といっても過言ではありません。でも、永慶様の想い人に『側妃』という立場になっていただきたくないんです」

そもそも、今の私には永慶様と側妃が一緒にいるところを心穏やかに見守れる自信はなかった。それを、体のいい言葉で包み込むと、その薄っぺらさだけが強調されるような気がし、私はあえて言葉を付け足す。

「永慶様には、それをさせたくないんです」

そんな私を、永慶様は、否定することなく「というと?」と楽しそうに言って軽やかに馬に跨った。元々細い目がさらに細くなる。

「志があられて……、我が国のことを考えられている永慶様には、ちゃんと好きな方と一緒になっていただきたいんです」

あたかも永慶様への告白に似たようなこと言っていることに気づき、慌てて振り返ると、永慶様は顔を真っ赤にしていた。

「永慶様？」

「酒蔵の酒で、酔ったのかもしれん」

そう言って、朗らかに微笑む永慶様に、何故か胸が熱くなるのを感じた。もし、私が星詠みの巫女になったら、この笑顔を独り占めできるのではないかという邪《よこしま》な想いが自分の中で広がっていた。


十日後の朝、私は誰もいない廊下を足早に歩いていた。下調べした結果を書き記した紙を握りしめ広間に向かうその足は、緊張でもつれるような気がした。

「お嬢様、お待ちください」

玉児の悲鳴に似た声を聞き流しながら、歩いていると重くどこか聞きなれた足音が玉児の足音に重なるのが聞こえてきた。

慌てて振り返るとそこには永慶様がいるではないか。

「え、永慶様？」

昨夜も夜遅くまで星を観察されていたので、てっきりまだ寝ていると思っていただけに驚きを隠せなかった。

「今日は試験と聞いたので、同席させてもらおうかと」

私の動揺を察したのだろう。永慶様は、そう言ってここに現れた理由を語ってくれた。

「来ていただいてもいいのかしら……」

私が困っていると、永慶様は「大丈夫」と朗らかに微笑んだ。

「私は『落ちこぼれ』として有名なんでね、居ても誰も咎めないだろう」

彼が言うように皇子である永慶様を咎めるような人は、後宮には少ないだろう。一人で受験するものだと思っていたので、途端に心強くなった。

だが、私がこっそり、全て正解を書くことを懸念してついて来たのかもしれない。先ほどまでの高揚した気持ちが一気に冷えていくのを感じる。しかし、いつから私はこんなに情緒不安定になったのだろうか。もし、ここが戦場だったら、真っ先に死んでいるに違いない。

「では、よろしくお願いします」

そう言って永慶様と、試験会場である広間に向かうことにした。広間に行くと、宮女達の姿しかなく、酒瓶と杯が並べられた机が七つ並んでいた。

『落ちこぼれ』と自称していたが、広間に永慶様と一緒に入ると、一斉に宮女や宦官《かんがん》達が跪礼《きれい》した。

「私も同席して、問題ないか？　一緒に酒を飲みたくてな」

近くにいた宮女に永慶様が尋ねると、宮女は恐縮しながら勢いよく頭を縦に振った。

「勿論でございます。この場でご相談されることも、知見のある者を連れてくることも許可されておりますゆえ」

　宮女は顔を伏せながら、そう答える。

「ありがとう」

　永慶様が期待する答えを得たことに満足そうに頷くと、宮女達は慌てて末席に椅子を持ってきて二人分の席を作ってくれる。

「既に答えはありますので」

　私は握りしめていた紙をこっそり永慶様に見せるが、永慶様はゆっくり首を振って紙を私の方へ押しやった。

「この場で相談してもいいのだぞ」

　先ほどの宮女の言葉が思い出され、私はハッとさせられた。準備する期間が用意されたのに、あえてここでも相談してもいいというのは不思議な話だ。

「皇后様は、そう一筋縄ではいかないお方だ」

　慎重に声を落としているのが分かった。皇后様一派でもある永慶様付きの宮女にも、聞かれたくない言葉なのかもしれない。

「準備されていた酒とは別の酒が用意されている可能性もあるということですね」

　私も永慶様を真似して声を落とすと、永慶様は静かに頷いた。確かに巧妙に用意した全問不正解の解答用紙だが、酒が入れ替えられていた場合、間違って『正解』になってしまうかもしれない。

「では、一番から」

私は慎重に一つ一つを吟味しながら、用意された紙に答えを書いていく。昨夜、お姉様と最終確認した味と変わらない。だが、二十五番目の杯を持ち上げようとした時、大きな問題に気づいた。

「琥珀色ではございません……」

二十五番は、紫州の密造酒のはずだった。だが、今手元にある酒は桃酒のような琥珀色や甘い香りではなかった。

「やはり」

永慶様は、そう言うと静かに二十五番と書かれた紙の上にある杯を持ち上げた。

「香りは……、紫州のものに似ている」

そう言って、静かに杯に口をつける。触れたか触れないか分からないような一瞬で、永慶様は「あぁ……」と静かにため息をついた。

「これは違うな」

そう言って差し出された杯を私も手に取り、注がれた酒を舐めてみる。永慶様と味比べをした時のような濃厚さはなく、あっさりとした味わいが口の中に広がった。

「あれ……。桃の香りがしない？」

私の呟きに永慶様は静かに頷き、肯定してくれる。

「おそらく、紫州で今年造られたものか……」

永慶様はそう言いながら、私の手元の回答一覧を素早く見渡すと、二つ前に書かれた「玄《げん》州《しゅう》」の文字を長い人差し指で二度ほど叩かれた。

「紫州の隣にある玄州も米の産地だ。おそらく玄州のものだろう」

「でも、味が全然違いました」

二十三番目に飲んだ玄州の酒の味は、もう少し切れ味があった。今手にしている、二十五番と比べると全く別の飲み物だ。同じ産地のものと言い切っていいのか不安があったが、永慶様は「その通りだ」と力強く頷いてくれた。

「造り方が違う別の飲み物だからな。二十三番は二回ほど発酵させる手法で、二十五番は酒の菌を作ってから酒を造る」

「なるほど――」

「分かりやすく間違えるならば、『紫州』と書くべきだろうな」

先ほどの長い指が、今度は机の上にある答案用紙の二十五番の空欄部分を指さした。

「書きたくないです……」

ふと、あふれてきた気持ちが、口からうっかりと漏れてしまう。

「書きたくない？」

当初とは話が違う、と怒ることなく、そう永慶様は優しく尋ねてくれた。その口調があまりにも心地よく、自分の気持ちがすっきりと整理されたように錯覚する。

「紫州の方々は、酒造りに命を懸けています」

もし、不作なら、酒を薄めてカサを増すことだって可能だったはずだ。それをしなかったのは、彼らが真剣に酒造りに取り組んでいたからだろう。たとえ、それが密造酒という違法な行為だったとしてもだ。

「密造酒まで造り……、それこそ、職人は命を懸けています」

密造酒を造っていることが公になれば、それこそ死罪を言い渡されても不思議ではない。

「それを、簡単に間違えていいような気はしなくて」

この答案用紙が、紫州の人々に公開されるわけではない。私個人の問題だったが、自分の中で曲げたくない何かが存在した。

あまりにも身勝手すぎる言葉に、永慶様の顔を見るのが怖かった。だが、次の瞬間、私の頭の上から降ってきたのはやはり穏やかな「なるほど」という永慶様の声だった。

「それは一理ある。では、あえて金朝国と書くのはどうだろうか。あの国も似たような酒を造っている故、不自然ではないだろう」

それは他愛もない提案だったが、私の微かな気持ちを永慶様が、汲《く》んでくれたような気がして嬉しかった。

私は、勢いよく「はい」と返事をして、二十五番に金朝国の名前を書くことにした。

「朱琳、もう来ていたのね。部屋に行ったのにいなかったから」

そう、お姉様から声をかけられたのは、答案用紙を提出し広間から出た瞬間だった。少し遅れて現れた永慶様に気づくと、「失礼しました」とお姉様は慌てて跪礼する。

「殿下もご一緒とは知らず」

そう言った姉の言葉に永慶様は、無言で頷く。それを待っていたかのようにお姉様は立ち上がった。

「一緒に試験を受けられたのですか？」

にわかに信じがたいという姉の言葉に、永慶様は「はい」と静かに頷く。

「朱琳、例の件はお伝えすべきでは？」

そう言われ、私はハッと懐から回答一覧を取り出し、お姉様に問題が変わっていることと正解を伝えた。

「ありがとうございます！」

問題の変更を聞いた姉は、大げさなほどにそう言って笑顔を見せる。

「私、お酒の知識が全くないので、今回も本当に妹に助けられたんです。教えていただかなければ、きっと気づかずに間違えていたに違いありません」

確かにお姉様は、お酒に興味はない。今回の問題も永慶様がいなければ、私達には解けなかったに違いない。

「お役に立てて何よりです。私は、公務がございますので、これで失礼いたします」

永慶様は、お姉様の話が長くなりそうなことに気づいたのか、そう言うと颯爽と部屋とは反対の方向へ立ち去っていった。

永慶様の背中が徐々に小さくなるにつれ、先ほどまでのぬくもりが左腕から抜けていくのを感じた。試験の間中、私の左側に座っていた永慶様の腕と、つねに触れていた場所だ。「小声で話すから」「夫婦なのだから」そんな言い訳を自分の中でしながら、彼の領域に入れたような気がしていた自分が恥ずかしくなった。


七枚の解答用紙をパラパラとつまらなそうに見ていた皇后だが、一枚の解答用紙を前に、その手が止まる。

「これは――」

「第七皇子殿下の妃・朱琳様のものでございます」

後ろに控えていた宮女が素早く、解答用紙の主の名前を口にした。

全ての回答が間違っているのは、何枚も解答用紙を見てきた皇后には、一目瞭然《りょうぜん》だ。だが、皇后の目を引いたのはそれだけではなかった。

「これはひどい……」

皇后は、面白がるように間違った答案を目で追う。ここまで鮮やかに間違えられるものか、と感心していたのだ。

「朱琳は楊家の二女であったな」

「はい。朱霞様の妹君であらされます」

宮女の言葉に、なるほど、と皇后は頷きもう一枚の完璧な解答用紙を手に取る。

「姉の朱霞は、二十五番の問題にも間違えず回答するが……」

再び、朱琳の解答用紙を手に取り、二十五番の回答に目をやる。

「妹の朱琳はあえて金朝国の名前を書くとはな」

朱霞の解答用紙をパッと机に投げ捨てるように手放すと、その手で他の解答用紙を素早く机の上に並べる。

「二十五番の問題を当てたのは朱霞のみと……。朱霞は、見慣れない宮女でも連れておったか？」

「いえ、お一人でございました」

宮女は不思議そうに首を傾げながら、答える。

「あの……」

「なんじゃ、申してみよ」

何か言いたそうな宮女の言葉を皇后が促すと、ゆっくりと宮女は口を開いた。

「朱琳様は、第七皇子殿下とご一緒でございました」

「永慶殿と？」

宮女は、間違いない、と深く頷く。

「永慶様は、一緒に酒を飲みたいから来たとおっしゃっていましたが、何やら相談をされていたようで……」

「永慶殿は、酒が飲めないぞ？」

皇后は、宮女の言葉がにわかに信じられなかった。

「酒宴の席でも、勧められた酒を飲んでいつもへべれけになっておったが。あれは、ふりだったか……」

皇后は、何か考えるように朱琳の解答用紙の端を強く握りしめた。

「他に皇子を連れてきた妃はおったか？」

宮女は、とんでもないと首を横に振った。

「他の方々はいらっしゃいませんでした。今回出したお酒は、試験に来なくても飲めるような酒ですから……」

「となると、永慶殿が来たのは朱琳を気遣ってのことか」

珍しいこともある、と皇后が感心していると別の宮女がおそるおそる「あの……」と絞り出すような声を上げる。

「まだ、なにか？」

皇后は、今度は声を上げた宮女に振り返らず、話をしてもよいと、手を上げる。発言する許可を得た宮女は、おそるおそる話し始めた。

「おそらくなんですが、朱霞様に朱琳様が答えを教えられていました」

皇后は、興味深そうに「ほぉ」と声を上げる。

「朱琳様が朱霞様より先に受験をなさったんです。それで、後からいらっしゃった朱霞様に何か教えていらっしゃるようだったので……」

「なるほど」

皇后は大きくため息をつくと、全ての解答用紙を机の上に並べた。

「試験なんぞするものではないな」

試験の点数順に妃達の名前を紙に書くその手は、ひどく重いものだった。

第三章　星影の呪符《じゅふ》

瑞鳳閣《ずいほうかく》で最も高い位置にある天枢《てんすう》の宮。その露台《ろだい》から眼下に広がる都の街並みを見て私は思わず「すごいですね！」と叫んでいた。

星見台《せんけんだい》から見た景色よりも鮮やかさはなかったが、らせん状に連なるようにして広がる他《ほか》の宮の屋根を見下ろせる、という心理的効果が大きかったのかもしれない。

瑞鳳閣とあたかも一つの館《やかた》のような呼び方をしているが、実際は崖《がけ》に沿ってらせん状に造られた七つの宮だった。宮と宮をつなぐ小道は廊下のように舗装され屋根もついていたが、それでも一つの大きな館とは言い難かった。

「他の宮に聞こえてしまうから、やめてちょうだい」

言葉とは裏腹に嬉《うれ》しそうに奥の部屋から小さな男児を連れて出てきたのは、お姉様だった。どうやら私が騒ぎすぎたせいで、昼寝から目覚めてしまったのかもしれない。

「ごめんなさい」

色々な意味を込めて謝罪すると、お姉様は気にしていないというように優しく微笑《ほほえ》んでくれた。

「それより、大変だったでしょ。わざわざ搖光宮《ようこう》から来てもらって」

心底申し訳なさそうな顔をするお姉様に、私は勢いよく首を横に振って、大丈夫だと伝えることにした。

「最近、体が鈍っていたのでちょうどよかったです！」

そう、とだけ言ったお姉様は、甥《おい》を近くの宮女に預けると、近くにあった長椅子《ながいす》にゆっくりと腰かける。

「でも、本当にありがとうね」

お姉様はそう言って、私の方へ無言で茶器を勧める。

「朱琳《シュリン》のおかげで、私、この宮を使わせていただくことができたわ」

試験の結果で宮の位置が決められると言われていたが、全《すべ》ての問題に正解することができたお姉様は、天枢の宮が割り当てられた。

「星詠《ほしよ》みの巫女《みこ》候補として、目立たないためには何問か間違えるべきだったんだけど……。せっかく朱琳が調べてくれたのだから、と思ったら間違えられなかったの」

お姉様は申し訳なさそうにうなだれるが、お姉様の役に立てたことが私は嬉しかった。

ちなみに全問正解のお姉様に続く形で、第五皇子妃、第六皇子妃、第三皇子妃、第四皇子妃が順に宮を割り当てられた。

その結果に一番、激怒したのは宰相の娘である第四皇子妃の蘭琴《ランキン》様だった。

「なぜ、私がこんな粗末な部屋で生活しなければいけないの！」

と騒ぎ、その日から蘭琴様の調度品が連日のように運び込まれた。翠玉《スイギョク》様の話では、全く準備をせずに宮女に金を握らせて回答を聞き出そうとして失敗したらしい。

「本当は朱琳の宮と近くがよかったんだけど……。自分では選べないみたいで」

申し訳なさそうに、そう言って俯《うつむ》くお姉様に私は慌てて駆け寄る。

「うんん、逆にこんなに装飾が違うなんて知れてよかったです。他の皇子妃の部屋なんて、なかなか気軽に入れてもらえませんから」

私はお姉様の向かいに置かれた長椅子に座り、その座面をゆっくり撫《な》でる。ふんわりした感触は、まるで高価な着物を幾重にも重ねたような感触だった。

「そんなに違うの？」

お姉様は驚いたように顔を上げる。少し困ったような表情の奥には、好奇心が見え隠れしているのが面白い。

「勿論《もちろん》、私の部屋は、あんな調度品とかありませんよ」

私はそう言って、窓の側《そば》に置かれた大きな青い壺《つぼ》を指す。

「多分、部屋ごとに徐々に、格差をつけているんだと思います。エレナ様の宮は私よりも家具の質が良かったですからね」

「開陽《かいよう》の宮に行ったの？」

お姉様は、とんでもない、と言わんばかりにそう小さく叫ぶ。

「それは……、まぁ」

私は小さく苦笑する。さすがに、呪《のろ》いの宮という部屋を引き受けてもらったエレナ様を放っておくわけにはいかなかった。

「だ、大丈夫？　体調に変化はない？」

お姉様は震え声でそう尋ねる。

「全然、大丈夫ですよ。それに、エレナ様は祭壇を作られていましたし」

「さいだん？」

聞きなれない言葉にお姉様は、いぶかしげな表情を浮かべながらそう呟《つぶや》いた。

「多分、ここからも見えるんじゃないかな……」

私はゆっくり立ち上がって、再び露台に出て眼下の景色に目を凝らす。上から順に宮を数えると、六番目に位置する宮の屋根が見えた。黒い屋根でちょうどお姉様の宮から南の方角に見える。

「あの小窓見えますよね」

いつの間にか私の背後にしがみつくようにして立っているお姉様に、そう言って大きな窓を指さした。黒い屋根の宮には、こちらを向くように大きな窓が設置されている。

「あれが、呪いの宮だったのね」

私の着物を握るお姉様の手に力が籠《こ》められる。

「呪いかどうかはさておき、あの窓の下に大きな像みたいなのとか、木の板みたいなの置かれて祭壇を作られているんです」

祭壇を見せてくれた時のエレナ様は、ひどく満足げな表情をされていた。

「我が国の信仰を後宮の中へ持ち込むことを禁止されていたので……。こうして、神へ祈りを捧げる場を作れたことに感謝しています」

そう言って祈りを捧げるエレナ様は、とても美しかった。

「毎晩、決まった時間にお祈りをされるんですよ。きっと、呪いもどこか行っちゃいますよ」

私がそう言うと、お姉様はようやく大きく息を吐いて、ふらふらと長椅子の元へ戻っていく。

「そう……。それだと、いいのだけど……。あまり見たくないわ」

宮女は、お姉様の一言に直《す》ぐに露台の天幕を引く。露台にいた私も宮女から急《せ》かされて、薄暗くなった部屋の中へと促される。

「せっかくの景色なのに、もったいない……」

お姉様の気弱ぶりに呆《あき》れてため息をついたが、お姉様は聞こえないのか素知らぬふりをして優雅に茶器を持ち上げた。

「そういえば、もう直ぐ茶会よ？　着替えなくていいの？」

お姉様は、私の頭からつま先まで素早く視線を動かし、そう言った。

「着替え──ですか？」

今日《きょう》は、瑞鳳閣の中庭で茶会が開かれることになっている。だからこそ、水色の淡い着物を着てきた。華美ではないが、質素すぎるというわけでもない。玉児《ギョクジ》と相談して決めた一枚だった。

「ああ……、知らなかったのね」

お姉様は頭を抱えるようにして、そう呟いた。

「春先に行われる後宮での茶会は、単衣《ひとえ》が決まりなの」

とんでもない発言に私は耳を疑う。単衣とは、薄手の着物のことで肩や胸元が露《あら》わになってしまう着物のことだ。

「今からでも遅くないわ。早く着替えていらっしゃい」

お姉様はそう言って立ち上がると、私を窓際から引きはがすようにして、宮の外へと追い出した。

各宮殿の横に連なる小道を下ると、徐々に広大な中庭が近づいてくる。陽光が降り注ぎ、彩り豊かな花々が咲き誇る中庭では、既に茶会の準備が着々と進んでいるではないか。

華やかな天幕も張られ、中庭であることを忘れるかのような光景だったが、私は小さくため息をついた。

「どうしよう……」

お姉様は、気にした様子もなく「着替えてきなさい」と言っていたように、着物がないわけではない。

「どうしましょう……」

そう言った玉児に振り返ると、おしろいを塗りたくった私以上に顔面蒼白《そうはく》だった。

「別に私はいいんだけどね――」

微《かす》かにひきつる背中の違和感に私は小さくため息をついた。

皇子妃達はきっと、私の背中の傷を見逃さないだろう。普通の令嬢ならば、決してつくはずのない傷だからだ。

「永慶《エイケイ》様がなぁ……」

皇子妃達にあれやこれや言われるのは、特に問題はなかった。この傷ができたことは恥でもないし、いい思い出ですらあった。だが、間接的に永慶様が、貶《おとし》められるのだけはなんとしても避けたかった。

「背中がでない単衣なんて、ないよね？」

だめ元で玉児にそう尋ねると、半泣きになりながら玉児は、頷《うなず》いた。

「ありません。そのような珍しい意匠の着物は都のどこかにはあるのかもしれませんが、お嬢様が持っていらした着物にはありません」

絶望的な回答を聞き、私は大きくため息をつく。

「とりあえず、着てみようか」

私は足早に着物がしまわれている一角へ向かう。もしかしたら、角度的に見えないかもしれない。そんな淡い期待と共に、玉児が出してくれた単衣を着てみるが、見事なほどに背中の傷が露見していた。

おそらく急いで仕立てたので、傷口を隠すということを考えずに、私の体形に一番近い既製品を補整して作ったのだろう。

「髪を下すのはどうかな」

腰まである長い髪を下ろせば、傷は隠れそうかと思ったが、玉児は絶望的な表情と共に首を横に振った。

「既に結い上げて固めております。一度洗えば、下ろすこともできますが、時間が……」

確かに髪を洗うのは、それこそ半日がかりの仕事だ。だが、茶会の時間まであといくばくもない。私の中で焦りが大きくなろうとした時、ふいに背後から柔らかい声がかけられた。

「何か、困っているのか？」

部屋の中を見ないようにしているのだろう。投げかけられた永慶様の声は、少し遠かった。

「着物がちょっと……」

傷を見せるのはもちろんだが、あえて言い訳をするのも何故《なぜ》だか悲しかった。決して後悔している傷ではなかったが、それを公言できるほど無恥《むち》ではなかった。

「朱琳、今日は少し肌寒いから、茶会にこれを使ってみないか？」

その声に衣裳《いしょう》部屋から顔を出してみると、扉の外に永慶様が立っていた。彼は微笑みを浮かべながら、美しい刺繍《ししゅう》が施された白い披肩《ひけん》を私に差し出した。

「これは……」

「そなたに似合うと思って作らせていたものだ。披肩ならば、茶会の決まりにも反していないだろう」

手触りからして絹だ。そんなに一朝一夕でできるようなものではない。私に似合うから――というのは、方便だろう。だが、永慶様の心遣いが嬉しかった。

「いいんですか？」

永慶様は優しく頷き、私の肩に披肩をかけてくれた。披肩は軽やかに傷跡を覆い、先ほどのような絶望的な光景は鏡には映り込んでいなかった。

「初めての茶会だ。何かと心配だろう。一緒にいるよ」

「え、えええ？」

茶会には夫婦で参列というのが決まりだったが、永慶様が常に一緒にいていただけるとは思っていなかっただけに、驚きを隠せなかった。

「美しい妻の側に侍《はべ》るのは、夫としての喜びだ」

冗談交じりにそう言って微笑んだ永慶様の優しさに、私は思わず泣きそうになっていた。

茶会が始まると、中庭は賑《にぎ》やかな笑い声やさざ波のような絶え間ない雑談で華やいでいた。美しい花々と香り立つ茶の香が、その場を包み込んでいる。全てが上質かつ品があり、私とは異質な空間だった。そんな茶会の雰囲気に、戦場でも経験したことがない緊張感を覚えた。

茶会は、あくまでも出席者の交流が目的で、決して形式ばった儀式というわけではない。そのため、茶を飲みつつ雑談するのが、習わしだ。だが、今の私には、全く上手《うま》くこなせる自信はなかった。

「とりあえず――」

お姉様の所へ行きたい、と永慶様に伝えようとして庭を見渡すが、お姉様の姿はなかなか見つからない。そんな時、人だかりができている東屋で視線が止まった。

「あれは、エレナ殿だね」

永慶様は私の視線に気づいたのか、人だかりの中心にいる人物の名前を呼んだ。

「エレナ様、残念でしたわね。試験の結果」

嬉しそうにそう言ったのは、第三皇子妃の翠玉様だった。

「あら、それは仕方のないことよ。だって、エレナ様は異国の方だもの。我が国の文化やお酒のことなど、知る由もないでしょ？」

そう擁護したのは、第四皇子妃の蘭琴様だ。

「金朝国出身の私にも難しい問題でございましたわ。ただ、お酒の数と州の数が同じということをたよりに解くことができましたけど」

第六皇子妃の香梅《コウバイ》様は、そう言ってさらに追い打ちをかける。そんな彼女達を遠巻きにして、別の東屋で所在なさげにしている四人の男子達がいた。その着物や所作から察するに、彼女達の夫である皇子達なのだろう。

「朱霞《シュカ》殿のところに行くのではないのか？」

永慶様に尋ねられ、私はエレナ様の元へ向かうことを少しためらう。もし、私が彼女達の間に割って入れば、エレナ様はあの嫌味の応酬から逃げられるだろう。だが、他の皇子達の前で、永慶様に恥をかかせたくなかった。

「エレナ様は、お国では聖女と言われていたんですよね。私、てっきり奇跡の力で、正解されると思っていましたわ」

翠玉様は、演技がかった様子でそう嬉しそうに呟く。

「飲酒は、禁じられていますから」

エレナ様は動じた風もなく、そう短く言い放つ。涼し気な表情をし、全く気に留めた様子もなさそうだ。

「でも、お国では奇跡を起こされていたんですわよね？　私が後宮に入ってから、一度も見ておりませんの。ぜひ、見せていただけませんか」

香梅様は、意地悪そうな笑顔を作りエレナ様を追い詰める。

「奇跡など……」

「そう言えば、私も見たことがないわ。お水をお酒に変えたりできるのよね？」

蘭琴様は、エレナ様の言葉をさえぎってそう言った。持っていた茶器を机に起き、少し離れた机にある水瓶を宮女に持ってこさせる。

「せっかく、皇子妃どうし、仲良くなったんですもの。ね？」

エレナ様の不快に満ちた顔に、私はいてもたってもいられず駆け出していた。慌てて、永慶様の足音が付いてくる。

通り過ぎざまに宮女が抱えている酒瓶を素早く奪い取り、そのまま東屋に向かう。東屋の階段を上る瞬間、私は大げさに酒瓶を手放し、中の酒を三人の皇子妃にかけることに成功した。

「すみません！　皆様にお注ぎしようと思ったのですが……」

三人の皇子妃は、何が起こったか分からないという表情で私に振り返る。しかし、少しして甲高い悲鳴をそれぞれが上げる。

「ちょっと！　何なの？」

「ベトベトしますわ」

皇子妃達は、蜘蛛《くも》の子を散らしたように東屋から立ち去っていった。

「そこまでしなくても」

一人残ったエレナ様は、心から面白そうにクスクスと笑う。

「一応、熱くないかは確認したんですよ？」

「それで、茶器が置かれた机の前で一瞬立ち止まったのか」

唖然《あぜん》としたような声に振り返ると、肩で息をしている永慶様がいた。

「すみません……。やりすぎました」

永慶様に迷惑をかけてしまったことに、気づき私は慌てて頭を下げた。

「いや、私も胸がすいた」

てっきり怒られると思っていただけに、永慶様が笑顔を浮かべている事実に安堵《あんど》させられる。

「永慶、なかなかイキがいい娘を嫁にしたな」

そう高らかに声をかけられた方向を見ると、隣にあった東屋から金色の着物を身にまとった男性がゆっくりとこちらへ歩を進めている。

「兄上、ご機嫌麗しゅう」

永慶様は、そう言ってその場で跪礼《きれい》する。私も慌てて彼に倣《なら》うと、「第一皇子殿下だ」と永慶様は耳打ちしてくれた。

「よい。立て」

頭上からの言葉を聞き、私はゆっくりとその場から立ち上がる。

「エレナを守ってくれたのだろう。礼を言う」

そう言った第一皇子殿下の表情は、決して感謝しているという印象は受けなかった。その表情には、面倒くささが浮かび上がっていた。

そんなふてぶてしい態度に、私の怒りが先ほどよりも大きくなるのを感じる。そもそも、目の前にいたのに何故自分が止めに行かなかったのか、と聞きたかった。

だが、張り付いたような笑顔をした永慶様にゆっくり振り返られ、グッと言葉を飲み込むしかなかった。

「はしたない真似《まね》をいたしました」

そう言った私の言葉を第一皇子は、軽く笑い飛ばした。

「だがな、俺も見てみたいもんだ。エレナの奇跡とやらを。水を酒にとまではいかなくても茶ぐらいには、変えられるんだろ？」

小馬鹿《ばか》にしたような第一皇子の口調に、エレナ様の表情は再び不機嫌なそれになった。

「それは、私ではなく神の御業《みわざ》で――」

「俺は『聖女』を妃《きさき》にしたと、何度も言っているはずだ」

第一皇子のその声は低く、音は落とされていたが、微かに怒気をはらんでいた。

「できる、できないの話をしていない。『しろ』と言っているんだ」

「それは、欺瞞《ぎまん》では――」

「はっ。何が欺瞞だ。奇跡も起こせんくせに、こんなものをぶら下げやがって」

第一皇子は、そう言うとエレナ様の首飾りを手に取った。

「お前の信じている神は、我が国では邪神だ。このせいでお前が『星詠みの巫女』になれんかったら、どうする」

そう言って、首飾りを手放すと、軽くエレナ様を突き飛ばした。慌ててエレナ様を支えるが、第一皇子は悪びれた風もない。

「朱琳、エレナ殿のお召し物も汚れてしまったようだ。着替えを手伝って差し上げてはどうだ？」

第一皇子の蛮行を前にしても永慶様の笑顔は、決して崩れない。だが「さぁ」と促され、ようやくそれが、永慶様の助け舟だと気づかされた。

「大変、失礼しました。さ、エレナ様、参りましょう」

私は顔面蒼白なエレナ様の手を引いて、東屋を後にする。背後で、第一皇子の大きな舌打ちの音が聞こえてきた。おそらく、あえて聞かせているのだろう。

エレナ様が皇子妃達に囲まれていた時よりも、悔しさや悲しさが私の中で広がっていく。

「ありがとう」

私の腕の中で、エレナ様は小さくそう言って微笑んだ。

「私は何も……」

「十分です」

そう言ったエレナ様は、本気で満足げな表情を浮かべている。

「殿下は……、いつもあんな感じなんですか？」

恐る恐る聞くとエレナ様は、小さく頷いた。

「これも神が与えてくださった試練です」

「その試練、結構、難易度高くないですか？」

私も小声で尋ねると、エレナ様は嬉しそうに首を横に振った。

「神は乗り越えられる試練しか与えないと言われています」

「そうなんですか？」

初めて聞いた言葉に、エレナ様は嬉しそうに頷いた。

「神は、私にこの試練を乗り越えられると考えて、与えられた。ならば、乗り越えるのが務めです」

その横顔は真剣そのもので、その神様とやらが「死ね」といえば死にそうな勢いだった。

「でも、エレナ様みたいな人は、後宮とは無縁そうですよね」

エレナ様の宮へ向かう道を歩きながら、この数日で感じていた疑問を口にする。

「確かに話が違う……、と後宮に来てから感じました」

それは静かな言葉だったが、そこにはエレナ様の静かな怒りを感じた。

「神の教えがなく、荒廃した国だと聞かされていました。だから、聖女の力を貸して欲しい、神の教えを広めて欲しいと――」

確かに我が国に、国を挙げて信仰している宗教はない。あえていうならば『星詠みの巫女』に対する信仰だろう。巫女のお告げ通りに政《まつりごと》を行うと、国が繁栄すると信じられている。

「だから、私達の無謀な計略にも乗ってくださったんですね」

「それは……」

エレナ様は、そう言って言葉を止めてから、クスリと微笑む。

「ちょっと楽しそうだなって、思ったの」

意外な返事に私は思わず、「えぇ？」と聞き返してしまう。

「試験の結果が発表された時の殿下ったら……」

そう言ってエレナ様は、肩を震わせながら笑いをこらえる。

「顔を真っ赤《まか》にして怒られてね。あまりにも激怒しすぎて、あの宮には一歩も足を踏み入れてないのよ。今日だって二週間ぶりに顔を見たわ」

そう言ったエレナ様の顔は、晴れ晴れとしていた。

「私ね、離縁されてもいいと思っているの。一人でも多くの民を救うためならね」

「エレナ様は、強いですね」

彼女が母国で「聖女」と呼ばれていた理由を改めて知ることになった。彼女は、おそらく自ら酒に変えるような奇跡を起こせるわけではないのだろう。だが、誰《だれ》かを救うという点では、『星詠みの巫女』にふさわしい人物に違いない。

「怪我《けが》はありませんか?」

そんなことを考えていると、聞きなれた声が背後から投げかけられた。振り返ると、足早に私達の方へ駆け寄ってくる永慶様の姿があった。先ほどまでの張り付いた笑顔は消えており、思わずホッとさせられた。

「助けてくださったんですね。ありがとうございます」

エレナ様は、そう言うと着物の裾《すそ》を持ちながら軽く膝《ひざ》を曲げて挨拶《あいさつ》をする。それが、彼女の国の挨拶の仕方なのだろう。

「いえ、兄上が失礼な態度を取り、申し訳ございません」

永慶様は、そう言って深々とエレナ様へ頭を下げた。確かに兄の愚行を謝罪するのは、筋が通っていたが何故だか釈然としなかった。

「兄上は、いつもあのような態度を?」

私の隣に並んだ永慶様の質問に、エレナ様は諦《あきら》めたように微笑んだ。

「最近は、お会いしていなかったので」

エレナ様は、「ただ……」と言って、何かを思い出すようにゆっくりと乱れた金色の髪を手《て》櫛《ぐし》で整える。

「あれだけ、悪しざまに言われたのは久しぶりです」

エレナ様は少し寂しそうにそう言うと、「でもね」と小さく笑った。

「お声を聞けてよかったわ」

その言葉に嘘《うそ》は感じられず、第一皇子と二週間ぶりに言葉を交わせたことが、彼女にとって幸せな時間だということが伝わってくるような気がした。

「お慕いになられているんですね」

永慶様がそう尋ねると、エレナ様は困ったような表情を浮かべながら、頷いた。

「私のことを認めてくれたのは、彼が初めてだったの」

エレナ様の独白に、私は思わず耳を疑った。

「エレナ様は、母国で『聖女』と慕われていたんですよね？」

てっきり、母国では誰からも慕われていたのだと思っていた。

「『聖女』ね……。確かに、そう呼ばれていたけど、家族や友人はいい顔をしなかったわ」

「そんなことあるんですか？」

もし、私が『聖女』などと言われたら、我が家は全員がもろ手を挙げて喜ぶだろう。

「私の国では、私の一族はそれなりの歴史がある貴族だったの。体裁ばかり気にする家族からは『侯爵家の人間が平民と深くかかわるな』とか『貧民街の慈善活動をするなんて意味のないことだ』『聖女なんて呼ばれていい気になるな』とか言われたわ」

貴族のお嬢様が貧民街などで慈善活動をするのは、安全面で心配するのも当然だろう。だが、彼女の家族は違う側面から、彼女の慈善活動に対して反対したに違いない。

「でもね、殿下は違ったわ。『あなたの力は本物だ』『聖女を妻として迎えられるなんて幸せだ』なんて、おっしゃったこともあるわ」

今の第一皇子からは、想像がつかないような歯の浮いた言葉に、驚きを隠せなかった。

「私が悪いのよ。『星詠みの巫女』になかなか指名されないから、殿下が苛立《いらだ》ってしまわれるのも仕方ないわ」

「試験の結果を受けて、兄上の態度が悪化したと」

永慶様は、呆れたようにそう言って小さくため息をついた。

「知らなかったとはいえ、エレナ様を巻き込んで本当に申し訳ございません」

私は慌てて頭を下げると、エレナ様は優しい笑顔を浮かべながらゆっくりと首を横に振った。

「私が救うべきは、別に貧しい人だけではないのよ。困っている人がいたら、手を差し伸べるのは当然でしょ?」

当たり前のことをした、と言わんばかりのエレナ様に思わず感心させられた。

「それに試験は、あくまでも形式的なものだと思っているの」

「と、言いますと?」

エレナ様の主張に、疑問を投げかけたのは永慶様だった。

「星詠みの巫女は、神の言葉を伝える存在ですよね？」

エレナ様はゆっくりと永慶様に向き、確認するように尋ねた。永慶様が「そうです」と頷くのを確認して、エレナ様はゆっくりと口を開いた。

「神を信じて祈りを捧げていれば、星詠みの巫女に選ばれるはずです」

「試験は、あくまでも形でしかないと……」

エレナ様の言葉に、永慶様は何かを考えるかのように、静かにそう呟いた。

「こうして、私が困った時には、手を貸してくれる友もできたわけですし」

エレナ様に微笑まれ、私は思わず嬉しくなってしまった。

「私でよければ、いつでも助けに行きます！」

永慶様は少し驚いたような表情を浮かべて、私へ振り返った。

「誰かに苛《いじ》められたら、叫んでください。隣の宮なんで、直ぐに駆け付けられるはずです」

そう言って、背後にある白い宮を指した。既に小さくなりつつあるが、決して遠いわけではない。

「朱琳、ありがとう」

エレナ様は、そういうと私の手をそっと取り、静かに口の中で何かを唱え始めた。

「神は克服できない試練をお与えにならないと言ったけど、やはりその通りだわ」

エレナ様は、一通り何かを呟き終わると、そう言って勢いよく顔を上げた。

「私には朱琳に、永慶様もいるわ」

エレナ様はそういうと私の手を放し、軽やかに自分の宮へ向かって走っていった。

「エレナ様？」

追いかけようとすると、エレナ様は私の方へ振り返り手を振った。

「もう、一人で平気よ。何か聞かれたら、体調が優れないって言っておいて」

そう叫ぶと、エレナ様は私達には振り返らずに自分の宮へと帰っていった。

「大丈夫だろうか……」

エレナ様の背中が見えなくなると、永慶様はそう言って小さく呟く。

「心配ですね」

エレナ様と第一皇子は顔を合わせれば、茶会でのようなことが、時々行われているのかもしれない。そう考えると、心配でたまらなかった。

「実は、兄上の妻はエレナ殿で二人目なんだ」

突然の告白に、私は驚きを隠せなかった。

「離縁……、されたんですか？」

我が家のような名ばかりの貴族と違って、名門の娘の離縁となると大騒ぎになりそうだ。

「いや、事故で亡くなられてね」

永慶様は、ほら、というと遠くに見える後宮の池を指した。

「あそこで、お子様と一緒に亡くなられたんだ」

既に日常の風景となりつつあった池で、お子様も一緒に亡くなった方がいる、という事実に私は思わず言葉を失った。

「その方は、隣国の紫雲《しうん》国の公主だったたんだ」

第一皇子は、皇子の中でも別格の存在といっていい。他国ならば、自動的に皇太子に指名される例も少なくない。隣国の国王の娘である公主を迎える、という点でもやはり第一皇子の結婚は特別だったのだろう。

「当然、彼女が星詠みの巫女になると誰しもが思っていた。ところが何時《いつ》まで経《た》っても皇后様は『星詠みの巫女』に指名しなかったんだ」

これまで、現在の星詠みの巫女が新しい星詠みの巫女を指名するという方式がとられてきていた。

「それでも子供ができれば――、と期待していたんだが、子供ができた翌年も星詠みの巫女は決まらなかった」

「もしかして……」

私は、先ほどの第一皇子の横暴なふるまいを思い出し、背中に冷たいものが流れるのを感じた。

「弁解をするわけではないが、兄上は皇太子になりたくて必死なんだ」

表情から私の推察したことを感じ取ったのだろう。永慶様は寂しそうに微笑みながらそう弁明する。

「公主が亡くなられたのも、表向きは事故とされている」

口調から察するに、永慶様は決して「事故」という事実に納得しているというわけではなさそうだ。まるで「事故」と自分に言い聞かせているような響きがあった。

「だから、エレナ様のこともご心配になられているのですね」

私が尋ねると、永慶様は驚いたように目を見開いた。

「い、いや、そういうわけでは……」

「…………あッ」

あまりの狼狽《ろうばい》ぶりに、私はとんでもない事実に気づくことになった。永慶様の想《おも》い人の存在だ。

もし、それがエレナ様というならば、全ての辻褄《つじつま》が合う。

既に第一皇子の妻であるエレナ様と永慶様が、一緒になることは難しいだろう。ただ、可能性があるとすれば、エレナ様が完全に『星詠みの巫女』ではないと断定された時だ。だが、皇后様は、全ての皇子に妃を迎えた時に『星詠みの巫女』の試験をすると宣言した。

そこで、妃を持たない皇子の最後の一人となった永慶様は、私と形だけの結婚をすることを考えたに違いない。

「今さらだが……」

永慶様は、そういうと私の背中にそっと手のひらを添え、私を宮の中に入るように促した。

「巻き込んで済まなかった」

あまりにも苦しそうにそう言われ、私は無理やり笑顔を見せる。

「なんてことありませんよ。それに、私もエレナ様は好きなので」

そう言った私の言葉に、永慶様は「え？」と驚いたような表情を浮かべた。私が二人の隠された関係に気づいたことに驚いたのかもしれない。

「素敵な方ですよね」

エレナ様を想う永慶様を見ているのがつらかったが、気づかれないようにわざとらしくそう言った。

「そうかもしれないが……」

どこか釈然としない様子の永慶様に、雨の日に古傷が痛むような不快感が全身に広がるような気がした。

第四章　星宿《せいしゅく》の行方《ゆくえ》

「すごい量ね」

第二の課題が発表された翌日、お姉様の宮を訪れると、開口一番にお姉様はそう言って駆け寄ってくださった。

「言ってくれれば、荷車があったのに」

お姉様はそう言うと、入り口の近くにある部屋の扉に視線を送った。荷車が中にあるのだろう。

「これぐらい軽いですよ！　玉児《ギョクジ》達も手伝ってくれていますしね」

私はそう言って持ってきた永慶《エイケイ》様の着物を持ち上げて、お姉様に見せる。

「どれがいいか分からなくて……」

『星詠《ほしよ》みの巫女《みこ》』の第二次試験の課題は『刺繍《ししゅう》』となったのだ。皇子の着物に刺繍を施し、それを着用して一月《ひとつき》後の茶会に出席するというのが課題の内容だ。刺繍の図案も刺繍を施すものも自由に決めていい——という自由だからこそ、難易度の高い課題でもある。

星詠みの巫女になる必要はなかったが、何も刺繍しなくては怪しまれる、とお姉様に呼び出されたのだ。ただ、どの着物に刺繍したらいいか分からず、衣裳《いしょう》部屋にある着物を全《すべ》て持ってきたのだ。勿論《もちろん》、私だけでは持ってこれるはずもなく、玉児や着物を管理してくれている宮女も着物を両手に抱えている。

「朱琳《シュリン》が好きなものにしたら？」

私の後ろから、ゆっくりと現れたエレナ様はそう言って優しく微笑《ほほえ》む。あの茶会から、エレナ様との距離が近くなり、今回の刺繍の練習にも誘ったほどだ。

「エレナ様！」

お姉様は、心から嬉《うれ》しそうにエレナ様を部屋へ招き入れた。

「わざわざ、お越しいただき、ありがとうございます」

「いえ、お誘いありがとうございます」

そんな社交的な挨拶《あいさつ》が終わるのを待って、私は藍《あい》色と黒の二枚の着物をお姉様に見せた。

「この着物とこの着物は、好きな色です」

私の言葉で、ようやく私の存在を思い出したお姉様は少し呆《あき》れたようにため息をつきながら、私が抱えている着物を素早く検分する。包んである布を少しめくるだけで、どんな着物か彼女は分かるのだろう。直《す》ぐに私の手元の中から白い着物を取り出した。

「刺繍に儀式的な意味が込められるのは、新年の儀式など特別な式典の時が多いわ」

「でも、これ内側に着る胴衣ですよね？」

白い着物は葬儀の時に着るのが一般的だ。そのため、式典の際に白い着物を着ることは滅多にない。

おそらくお姉様が手にしている着物は、肌着にあたる胴衣だろう。

「これに刺繍して意味があるんですか？」

私の質問にお姉様は、大げさなほどにため息をついた。そんなお姉様の様子を見て、エレナ様は楽しそうに微笑んだ。

「願いは、見えないところに仕込んでこそじゃないかしら？」

エレナ様のもっともな言い分に、私はなるほど、と頷《うなず》く。確かに、周囲の人にその存在を知ってほしいわけではない。永慶様に知っておいてもらえれば十分だ。

「善行と同じじゃないかしら」

エレナ様の例えが分からず思わず首を傾《かし》げると、エレナ様は慈悲深い笑みを作ってみせた。

「私、朝と晩の決まった時刻に神に祈りを捧げているの。でも、祈っている姿は誰《だれ》にも見せないわ。だって、本当に見ていただきたい神は常に見守ってくださっているからね」

祈りを捧げるということが、善行に分類されるという認識はなかっただけに、なるほどと感心させられた。

「それだけじゃないわ。あなたの場合……」

お姉様は言いにくそうに、言葉を区切り私の手をジッと見た。

「あ、そうですよね。私の刺繍のできでは、見える場所に刺繍したら、問題になってしまいますよね」

　お姉様の視線の意味を理解して、私は苦笑する。

「別に、皆が自分で刺繍しているわけではないのよ？」

　お姉様は着物をたたみながら、私に優しく微笑みかける。

「宮女に任せる妃《きさき》も珍しくないわ」

「そうなんですか？」

　課題なのだから、自分で刺繍しなければいけないと思い込んでいた。

「だって、皇后様はそんなこと、一言もおっしゃっていなかったわ」

　お姉様は、そう言って部屋の奥で刺繍をしている三人の宮女に軽く視線を送った。

「刺繍のための宮女を雇う妃もいるわ。現に、課題の内容を知った第二皇子殿下のお祖父《じい》様から五人の宮女が手配されたほどよ」

　お姉様は、呆れたようにため息をついた。

「お祖父様は、皇帝陛下と第二皇子殿下のご健在を願うように、刺繍画を作れとおっしゃってね。茶会で東屋の後ろに掲げる幕にしろってことみたいなんだけどね……」

　お姉様は、うんざりしたように刺繍に集中している宮女達へ視線を送った。至れり尽くせりな環境だが、意外にも問題なのかもしれない。

「玉児も刺繍が得意だったわよね？」

お姉様はそう言って、振り返ると、玉児は「得意というほどではございませんが……」と言って、照れたように頷いた。どうやら、あの様子だと玉児はかなり刺繍が上手《うま》いのだろう。

さほど私と親しくない玉児が私の侍女として、後宮へ連れてこられた理由が分かり、なるほどと納得する。さすが数十人の侍女をまとめているお母様なだけはある。

「でも――、できるだけ自分で刺繍がしたいです」

私は、お姉様から着物を受け取り、宣言する。

太史官としての仕事がある永慶様とは、後宮で一緒に過ごす時間は決して長くない。だからたとえ、それが式典の時だけだったとしても、私が刺繍をした着物を永慶様が身につけてくださるという事実は非常に魅力的に感じた。

「とても素敵だと思うわ」

エレナ様にそう言われて、自分の考えに自信が湧いてくる。

「確かに、いい心意気ね。どうせならば、第二試験の課題は、叙任式用の着物に刺繍をするのはどうかしら？」

「叙任式ですか？」

そんな式典があるのかと、尋ねるとお姉様は「州公のよ」と付け足す。

第七皇子である永慶様が参加される式典で、大きなものといえば五節句があるが、今の時季から随分先のことになる。それよりも永慶様が州公になる際の叙任式が、近くなるのかもしれない。

「永慶様も州公になることをお望みなんでしょ？　皇后陛下にもそのご意向をお伝えできるわけだし、永慶様もきっとお喜びになられるわ」

お姉様にそう言われると、永慶様が喜ぶ笑顔がよりはっきりと想像できた。

だが、次の瞬間、重大な事実に気づく。

彼が州公になるのは、誰かが星詠みの巫女に決まり、私との離縁が成立する時だ。別れ際の贈り物にしては少し重いような気もしたが、色々とよくしてくださっている。お礼としてお贈りするならば、問題ないだろう。

「叙任式となると、やっぱり龍《りゅう》や鳳凰《ほうおう》がいいわ」

お姉様は楽しそうに、箱の中から図案が書かれた紙を取り出した。私はそれを受け取りながら一枚一枚吟味する。緻密《ちみつ》な図案を前に、思わず手が止まってしまった。

「エレナ様は、どんな図案にされるんですか？」

既に長椅子《ながいす》の端に座り、刺繍を始めているエレナ様の手元を覗《のぞ》き込むと、そこには複雑な草の模様が縫い込まれていた。

「オリーブの木よ」

「お、オリーブですか？」

聞きなれない植物の名前に思わず聞き返すと、エレナ様は静かに微笑んだ。この笑顔をする時のエレナ様は、一瞬で『聖女』に変わるような気がした。

「オリーブは、我が国では平和を象徴する木なの」

説明しながらもエレナ様の手は、一瞬も止まっていなかった。慣れた手つきで刺繍をもくもくと進める姿からして、刺繍は得意なのだろう。やはり『星詠みの巫女』第一候補といわれるだけはある。

「平和の象徴は素敵ですね。未《いま》だに隣国との争いは、絶えませんからね」

そう言ったお姉様の目が、決して笑っていないことに気づいたのは、私だけだろう。

「お姉様の刺繍図案はなんですか？」

お姉様の視線を逸《そ》らすために私は、それに気づかないふりをして声高に質問した。

「蝶《ちょう》の柄よ」

お姉様は一枚の紙を私へ手渡す。

「蝶……」

皇族と関係なさそうな柄に首を傾げるとお姉様も、そうなのよ、と頷いた。

「殿下は、子供の頃《ころ》、お体があまり強くなかったみたいでね。健康と長寿の願いをかけて、幼い頃から蝶の柄を好んで取り入れられていたの」

お姉様は、そう言って手を上げると後ろに控えていた宮女が一枚の黒い着物を持ってきた。

「蝶というと女性の柄という印象が強いかもしれないけど――」

お姉様に手渡された着物を見てみると、確かに蝶が刺繍されているが、草やツタなどと共に刺繍されているため、女性の着物のような華やかさはさほど感じることはなかった。

「どうせならば、皇族らしく龍の柄にしたかったんだけど、こればっかりはね」

お姉様は心から残念そうに、そう呟《つぶや》く。お姉様の刺繍の腕前は、それこそ家庭教師を唸《うな》らせるほどの腕前だったという。半月もかからずに難しい図案の刺繍を完成させたという逸話も残っている。

そんな刺繍の腕前があれば、難易度の高そうな龍の刺繍に挑戦したいに違いない。

「別に、龍とか鳳凰じゃなくてもいいんですよね」

私は、机の上に広げられた図案を指でなぞるようにして、少しずつ動かし、一枚の図案で手を止めた。

「これなんてどうでしょう」

雲を象《かたど》った図案をお姉様に差し出すと、明らかにあまりいい顔はされなかった。

「雲模様も縁起がいいと言われているけど……」

図案を睨《にら》みながら、お姉様は適切な言葉を必死で探そうとしているようだ。だが、少しして大きく息を吐いてその思考をやめることにしたようだ。

「地味じゃないかしら？」

「そうですけど、なんだか永慶様には似合うような気がして」

決して永慶様が、地味というわけではなかった。だが、雲の図案を見た瞬間、永慶様の顔が思い浮かんだのだ。雲のように飄々《ひょうひょう》と生きている彼には、ピッタリの図案のような気がした。

「神の世界を彷彿《ほうふつ》とさせるから、私は好きよ」

エレナ様が静かに助け船を出してくれたが、お姉様は静かにため息をついた。

「それで、問題ないのかしら？」

お姉様は私の後ろで着物を抱えている宮女に、そう言葉を投げかける。彼女は、永慶様付きの宮女だ。

「はい。第七皇子殿下は、特に特定の図案を好んで使用されることはございません」

宮女の答えに、お姉様は諦《あきら》めたように大きく息を吐いた。

「分かったわ。最終的には永慶様に確認なさいね。今日《きょう》は、これで練習しましょう」

お姉様がそう言うと、宮女がサッと白い糸を通した針を持ってきてくれた。お姉様付きの宮女はしっかりと訓練されているのだな……、と感心させられた。

天枢宮《てんすう》を出たのは、その日の日暮れにさしかかる時刻だった。宮と宮をつなぐ小道からは、都の奥で夕日が沈む美しい光景が見える。

「大丈夫？」

私の横を歩くエレナ様は、心配そうに声をかけてくれた。

「これぐらい大丈夫です！」

私は、包帯で巻かれた指をエレナ様にパッと広げて見せる。数刻、お姉様の指導のもと、刺繍をしたのだが、気づいた時には全部の指に包帯が巻かれる結果となってしまった。

「白い着物を汚すのが心配ですけどね」

白い着物となると、血の染み抜きをするのは、骨が折れる仕事だ。

「私でよければ、刺繍いたしますが……」

心配そうにそう提案してくれたのは、私達の後ろからついてきた玉児だった。心から心配しているという口調に、私はその言葉をあえて笑い飛ばす。

「それでは、意味がないわよ」

単に刺繍をするだけならば、それこそ刺繍が得意な宮女に任せればいいだけだ。後宮には刺繍を得意とする宮女が何十人と集められているのだから。

「刺繍の件ですが、大丈夫でしょうか？」

玉児の横から、そう投げかけたのは永慶様付きの宮女だった。

「全然、大丈夫。これぐらいの怪我《けが》なら、明日《あす》には治っているわよ」

「いえ、そういうことではなく……」

宮女は、口に出すことを迷っているように言葉を詰まらせた。

「何か気になることでもあるの？」

私が足を止めて、宮女を振り返ると、ようやく意を決したように宮女は口を開いた。

「朱霞《シュカ》様のことです」

「お姉様が？」

刺繍に関しては全く心配していなかっただけに、思わず聞き返してしまった。

「おそらく第二皇子殿下の意匠は決まっているので、後宮の刺繍のしきたりに触れられる機会が少ないからかもしれません。ですが……」

宮女は、そういうとごそごそと着物の中から図案の紙を取り出した。

「本来、龍や鳳凰は皇帝陛下や皇太子殿下が身につける着物に使われる柄なんです。それを第七皇子殿下が身につけられては問題になるかと」

「そんな決まりがあったのね」

確かに皇帝の象徴として龍が使われることが多い。そのため、後宮の至る場所に龍の意匠が施されている。

「もし、刺繍に龍が入っては、変な誤解を生んでしまうかもしれないわね」

心配そうに、そう言ったエレナ様の言葉に宮女は「そうなんです」と深く頷いた。

「実は、昨年、七夕《しちせき》の儀式の際、第六皇子殿下が鳳凰の柄が刺繍されていた着物をお召しになられていて、大問題になったんです」

「そうなの？」

　私はエレナ様と思わず顔を見合わせる。

「はい、事前に皇后様がお気づきになられて、着物を替えられたのですが、刺繍を施されたお妃様は大変なお叱《しか》りにあい……」

「第六皇子のお妃様は、金朝国の公主様だから、ご存じなかったのね」

　宮女は、そうだと頷く。

「皇后様がお気づきにならなければ、大問題になったところでございます」

　皇后様は、ご自身のお子様である皇子達の着物の柄や刺繍まで細かく確認しているのだろう。その一端だけを切り取っても、皇后は決して楽な仕事ではないのがよく分かる。

「あの刺繍画、大丈夫かしら……」

　最後まで言わずに、私の言葉の意味を理解したのだろう。宮女は、深く頷く。

　第二皇子の祖父が集めた宮女もやはり後宮のしきたりに詳しくない可能性は高そうだ。もし、お姉様の刺繍画に龍や鳳凰の柄を刺繍したら、将来の皇太子であると、宣言したことになるだろう。第六皇子殿下の時以上の大問題になりかねない。

「朱霞様の周囲には、積極的に止める人もいないようでしたしね」

　エレナ様の推理に、私も深く頷く。お姉様付きの宮女達は有能だ。言われたことを的確にこなしているが、玉児達のように自分で考えて行動している、という雰囲気ではない。

「永慶様の着物は私が持って帰るから、あなたは直ぐに私からとは言わずに、お姉様に伝えてあげてもらえない？」

宮女は「承知しました」と頷き、私に着物の束を渡すと直ぐに来た道を引き返していった。

「お嬢様、お持ちしますよ？」

玉児がふらふらとした足取りで、私から着物の束を取り上げようとしたので、私は素早く半歩後ずさる。

「これぐらい軽いし、いい鍛錬になるわ」

そう言って着物を頭の上に持ち上げた瞬間、手の中の重さが一瞬にして消えた。

「私も鍛錬の仲間に入れてもらえるか？」

その声に振り返ると、永慶様が笑顔で着物の束を持ち上げていた。

「永慶様！　お早いですね」

まだ、夕日は完全に暮れていない。いつも彼が宮にやってくるのは、深夜の時間帯だ。

「今日は雨になりそうだから、早めに上がってきた」

「お疲れ様です」

エレナ様にそう言われて、初めて彼女の存在に気づいたのだろう。永慶様は、慌てて頭を下げた。

「失礼しました。そこにいらっしゃるとは気づかず」

私と荷物で、永慶様にはエレナ様が見えなかったのだろう。先ほどよりも声が高くなっている永慶様に、少し苛立《いらだ》ちながら私は荷物を胸の前で抱え直した。

「いえ、お気になさらず。では、これで失礼しますわ」

エレナ様は、そういうと自身の宮へ足早に戻っていった。永慶様と二人だけにされると、改めて緊張が走るような気がした。

「私の着物を持ち出して、何を企《たくら》んでいたのかな？」

そんな私の緊張を察してか、永慶様は冗談交じりに質問してくれた。その声の調子と気遣いが嬉しく、私も自然と笑顔になる。

「『星詠みの巫女』の課題です。永慶様の着物に刺繍をしなければいけないので、図案を選んできたところです」

「図案？」

永慶様は驚いたような表情を浮かべる。

「はい！　縁起がいい雲模様を刺繍した方がいいと思って選びました」

「雲模様はいいな。私も好きだ」

永慶様はそう言って、パッと顔を明るくした。どうやら、世辞でもなく心から喜んでいるのだろう。選択を肯定してもらえ、指先に感じていた痛みが消えるような気がした。

「朱琳が刺繍してくれるのか？」

そう言った永慶様の視線が、包帯が巻かれた私の左手で止まっていることに気づき、ようやく永慶様が驚いた表情を浮かべていた理由に気づかされた。

「れ、練習してきましたので、大丈夫です。茶会には完成すると思いますし、離縁した後、叙任式にでも着ていただけるような着物に刺繍いたします」

「離縁か――」

私の言葉に永慶様の言葉が、一瞬にして険しくなるのを感じた。

「あ、前妻が刺繍した胴衣があったら、新しいお妃様が、嫌なお顔をされますよね」

「いや、そういうことではない」

私の懸念を永慶様は、あっさりと否定して少し何かを考えると、ぼそりと「朱雀《すざく》」と呟いた。

あまりにも小さく呟かれたので、私は思わず「え？」と聞き返してしまう。

「朱雀の図案は、どうかと思って」

朱雀は、青龍や玄武、白虎《びゃっこ》と並び聖獣とされている。お兄様の「朱雀《シュジャク》」という名前も、聖獣にあやかって付けたほどだ。

「朱雀も縁起がよさそうですが、龍や鳳凰が駄目みたいなんで、朱雀も誤解を生みそうですよね……。詳しい者に聞いてみますね！」

先ほど、お姉様の宮に行ってくれた宮女ならば、朱雀の良し悪しを判断してくれるだろう。

「いや、いい。既に練習してくれているのだろ？」

永慶様は、私が持っていた籠《かご》の中にある布切れを指さして、優しく微笑んでくれた。

「雲模様で頼む」

永慶様はそう言うと、この話題は終わりだと言わんばかりに、私に背を向けて歩を進めた。

その広い背中を見ながら、あの背中を見られるのは、限られた時間だと気づかされる。刺繍ができ上がった時に、後悔がないよう頑張りたいと静かに決意した。


数日後、雲模様の刺繍ならば、問題なく運針できるようになった頃、七夕の儀式が開かれることになった。

「あの、今日の儀式に、こちらを着ていただけますでしょうか」

私が着替えている最中の永慶様に、一枚の着物を差し出すと、永慶様は驚きつつも嬉しそうに着物を受け取ってくれた。

「最近、夜中まで起きていたのは、これのためだったか」

「課題の刺繍とは違って、襟元だけですけど……」

藍色の地にできるだけ目立たないように黒の糸で刺繍したので、遠目では刺繍がされているかどうか分からない程度だ。

「縁起のよさそうな雨雲だ」

「黒だから、確かにそうですね」

永慶様の指摘になるほど、と頷く。

「藍色の上衣《うわぎ》でしたら、下衣はこちらを合わされてはいかがでしょうか？」

そう言って一人の宮女が白い下衣を永慶様と私に交互に見せる。単なる白ではなく、細かく刺繍が施されており、深みのある美しい下衣だった。

「悪くない」

永慶様は頷かれたが、何故《なぜ》か触ってはいけない――という、感覚が私の中で広がっていくのを感じた。

それは、戦場で作戦を立てる時によく感じた理由もない『違和感』だった。

だが、ここでどうやって、彼らに信じてもらうことができるだろうか……、と思案しているうちに永慶様の下衣が替えられようとしている。

視線を素早く見渡すと、机の上には永慶様が使用されている香水の瓶が置かれているのが目に入った。「あまり好きではないのだが」と言いながら、少量だけを使われていたことを思い出し、私はその香水の瓶《びん》に肘《ひじ》が当たるように、勢いよくその場にしゃがみ込む。次の瞬間、香水の瓶が床に叩《たた》きつけられる音と強烈な香水の香りが部屋に蔓延《まんえん》するのを感じた。

「朱琳！」

一番に駆け寄ってくれるのは、玉児だと思っていたが、私の腕を掴《つか》むようにして駆けよってくれたのは永慶様だった。

「大丈夫か？」

そう言った永慶様の様子は、あまりにも必死だった。心配をかけてしまったという申し訳なさと同時に、懐かしい感触が広がっていくのを感じた。

「申し訳ございません」

「寝ずに刺繍したせいではないか？」

二日ぐらいならば、寝ずに元気に戦場を駆けまわれる自信があったが、あえて私は力なく頷くことにした。

「七夕に間に合わせたく……、でも台無しにしてしまいました」

「そのようなこと」

私の発言に腹を立てているのだろう。永慶様の眉間《みけん》には皺《しわ》が寄っていた。

「着物などいくらでもある。それよりも、式典には出られるか？」

「少し眩暈《めまい》がしただけです」

言葉とは裏腹に大丈夫ではない、という気弱な返事をすると、永慶様は私を抱く腕に力を込めた。

「心配させるな」

そういった永慶様の顔は、今にも泣きそうで、胸が締め付けられる。それは、どこかで見たような表情だった。その正体を探ろうと記憶の糸を手繰り寄せていると、部屋の隅で疑わし気な表情を浮かべている玉児の視線に気づいた。

「香りが強いので、着物はどちらも別のものに変えましょう」

玉児の提案に、周囲にいた宮女達は素早く別の着物の準備や割れた香水の瓶を片付け始めた。


その日の晩、私は衣装部屋の奥にある小さな窓辺で反省をしていた。何故、私はお姉様のように上手くやれないのだろうか……。どうしたら永慶様に迷惑をかけずに済むだろうか……と。

半刻ほど一人で思い悩んでいても答えが出ず、特大のため息をついた瞬間、「そんなところにいたのか」という永慶様の声が背後から投げかけられた。

「星は見えるか?」

私の隣に立つと、永慶様は窓越しに夜空を振り仰いだ。

「朱琳には、ぜひ見て欲しい星があるんだ」

永慶様は、そういうと私の肩を抱いて北東の空を指さした。突然、永慶様との距離が近くなり、自分の胸が早鳴るのが分かった。

「この時期は、まだ見えにくいが来月頃から、あの方角に『昴宿《ぼうしゅく》』という星宿が見えるんだ」

「ぼうしゅく……」

今は、ただ暗闇が広がる空間に私は、ただ言葉を繰り返すしかできなかった。

「昴宿は、肉眼では六個の星で構成されているといわれているんだが、目がいい者には七番目の星・昴宿七が見えるといわれている」

「参宿《さんしゅく》の隣にある暗い星・伴星《ばんせい》みたいですね」

禁軍の入軍試験では、夜間の視力検査を行うために、伴星の有無を確認させることがあった。

「伴星を知っているとは、軍人のようだな」

永慶様の鋭い指摘に、私は「兄から聞いたことがあって……」と笑ってごまかす。

「昴宿の話に戻るが、私は自分のことを昴宿七だと思っていたんだ」

「永慶様がですか？」

「他の六人の皇子達の陰に隠れて、いてもいなくてもいい存在になるべきだってね」

そんなわけない、と言いかけたが『思っていた』という過去形の表現が気になり、言葉を呑《の》み込む。

「でもね、朱琳と出会って、自分の存在が肯定されたような気がした。七つ目の星として輝いていいんだってね」

私はゆっくりと顔を傾け、視線を星空から永慶様へと移す。星明かりに照らされた永慶様の横顔は、息を呑むほど綺麗だった。

「まぁ、それは私の問題で、未だに後宮では昴宿七であることを望まれているし、その方が都合もいい」

そう言うと、私の視線に気づいていたのだろう。永慶様は勢いよく振り返り、私を見つめた。

「もともと、見えているか見えていないか分からない星なんだ。その妃が多少の失敗をしたところで、誰も気にも留めやしないよ」

単なる星座の話だとばかり思っていただけに、不意に投げかけられた優しい慰めの言葉は、私の胸の奥へストンと落ちるのが分かった。

「まぁ、昴宿を見る時は防寒が欠かせないがな」

確かに、これからの時期、徐々に夜は寒さが厳しくなる。

「やはり重ね着が大切ですよ」

私はそう言って引き出しの中から薄手の着物を永慶様に手渡す。

かつては私の着物だけしか置かれていなかった衣裳部屋だが、永慶様が頻繁に出入りすることもあり、彼の着物も置かれるようになった。

「厚手の上衣を着ればいいのではないのか？」

半ば信じられないといった様子の永慶様に、私はゆっくり首を横に振る。

「空気の層を作るんです」

そう言って、私は別の着物で永慶様の手を包み込む。

「こうやって何層もの着物で包まれると、暖かいでしょう？」

着物越しに永慶様の手の温かさを感じ、思わず笑みがこぼれてしまう。

「暖かいな」

だが、返ってきた言葉があまりにも真剣で、耳を疑ってしまった。思わず永慶様を見ると、着物の話をしていたはずなのになぜか彼の瞳《ひとみ》は熱を帯びていた。私が包み込んだはずの永慶様の手が、着物越しに私の手を握る。

ただ、手を握られただけなのに、息が詰まるような緊張感を覚えた。永慶様が以前におっしゃっていた「手を握るだけで分かる」とは、このことなのだろうか……。

これまでに感じたことがないような感情が、自分の中で広がるのを感じた。

――この人は特別だ――

そんな、紛れもない事実に私は、息をすることを一瞬忘れた。初めての感情に戸惑いつつも、直ぐに私は重大な事実を思い出していた。

永慶様を好きにならない、と約束したではないか。ついこの間のことなのに、早速、破っている自分が恥ずかしかった。

「あ、あの……」

自分の気持ちが、永慶様にばれないように手を引き抜こうとした瞬間、「大変です！」と玉児の叫び声が聞こえてきた。それを合図にするように私達は、パッと手を放す。

「あ！　殿下！　失礼いたしました」

衣裳部屋へ駆け込んできた玉児は、そこに永慶様がいると思っていなかったのだろう。慌てて跪礼《きれい》をする。

「許す。それより、何があった？」

永慶様は、私からそっと離れて、玉児の言葉を促した。玉児はそう尋ねられ、本来の目的を思い出したのだろう。勢いよく立ち上がって「大変です！」と叫んだ。

「実は、永慶様の着物から毒針が出たのでございます」

「本日、洗わせたものか？」

玉児は、勢いよく頭を縦に振る。

「洗濯していた宮女が急に倒れ、調べたところ着物に毒針が仕込まれていたことが分かりました」

「その者の容体は？」

永慶様が厳しい表情を浮かべながら尋ねると、玉児は「大丈夫でございます」と少し明るく叫んだ。

「後宮医によると、体調を崩しているということですが、数日寝ていれば治ると」

永慶様は、それを聞いて何かを考えるように「なるほど……」と呟いた。

「だから、香水をかけたのか？」

「いえ、本当にたまたまで……」

私は慌てて否定するが、永慶様は「朱琳のおかげで命拾いをした」と言って、ゆっくりと振り返る。

「怖い思いをさせたな」

いたわるように、そっと頬《ほお》に手を置かれ、先ほどの手を握られた緊張感が再び蘇《よみがえ》ってくるのを感じた。

「え、え、永慶様……、お時間では？」

私が絞り出すようにしてそう言うと、永慶様は小さく笑った。

「そうだな。星見の時間だ」

永慶様は、そう言うと颯爽《さっそう》と衣裳部屋から立ち去って行った。それは本当に一瞬の出来事だったが、一年分ぐらいの緊張を味わったような気がした。


星詠みの巫女の課題として、私は最終的に黒い着物を選んだ。血が滲《にじ》んでも見えにくいという不純な動機だったが、胴衣ではなく上衣を選ぶとなると相当な時間がかかることに着手してから気づかされた。

そのため、私の刺繍が完成したのは、茶会を開始する一刻前だった。

「お嬢様、よく頑張られましたね」

玉児は、半分泣きながら私の手を取る。包帯で巻かれているはずの手だったが、包帯には血が滲んでおり、痛々しかった。

そんな手を握らせるのが申し訳なく、私は刺繍を施した着物を玉児に押し付ける。

「早く永慶様に」

私は、長椅子に倒れ込むようにして、着物を玉児に渡すと、玉児は承知したと言わんばかりに頷き、無言で素早く永慶様の部屋へと消えていった。

間に合って本当によかったと思いながら、全身を襲う眠気に身を任せようとした時、「失礼します」という声と共に髪が勢いよく引っ張られた。

「い、痛い！」

私が叫ぶと、面倒くさそうな表情を浮かべた宮女が、軽く私を睨んだ。

「朱琳様もご用意をなさらないと、時間がございません」

茶会には自分も出席しなければいけないことを思い出し、私は「そうね……」と弱々しく返事をして宮女に髪をまとめ上げられるままになった。三日以上、寝ていないので体全体がだるく、何かを正常に考えられる状態ではない。戦場では、三日ぐらい徹夜するのは当たり前だったので、後宮にいる間に体が鈍ってしまったのかもしれない、と少し不安にさせられた。

「着物は何色がいいかしら」

私が尋ねると、玉児が「こちらでございます」と水色の着物を持って現れた。

「永慶様が藍色の地に銀の刺繍が施された着物をお召しですので、こちらがよいかと。素敵な刺繍も施されております」

そう言って玉児は、着物をぐるりと回して見せてくれたが、自分が着る着物の柄など、どうでもよくなっていた。そんな投げやりな私を無視して、玉児は他《ほか》の宮女と協力しながら、半刻後には私を完璧《かんぺき》な茶会用の装いに仕上げてくれた。

「ほら、お嬢様、早くなさってください」

そう言って玉児に突き飛ばされるように、中庭に放り出された。すると、待っていたとばかりに数人の宮女が満面の笑顔で、東屋へ案内してくれる。

花を愛《め》でることなど、これまでの人生で一度もなかったが、目の前に広がる景色は決して悪くなかった。きっと中庭には、花だけではなく永慶様がいるからだろう。東屋の中には、先に座っている永慶様が見えた。

自分の永慶様に対する想《おも》いに気づかされてから、永慶様を見ると周辺の景色も輝いて見えるような気がした。突然、雲の隙間《すきま》から光が差し込んだかのようだ。

「綺麗《きれい》だな」

東屋の中で先に私を待っていた永慶様は、そう言うと穏やかな笑みを浮かべた。思わぬ賞賛の言葉を受け、私は思わず言葉に詰まる。

「あ、ありがとうございます」

かろうじて感謝の言葉を口にしながら、胸が締め付けられるような感覚を覚えていた。

「試験の課題というが、私達にはあまり関係ないから、茶会を楽しもうと思って、色々用意させたんだ」

照れたような笑みを浮かべながら、そう言われ机を見てみると確かに菓子から果物、食べ物まで所狭しと並んでいる。

「朱琳の好物を知らないから、色々揃《そろ》えたら大変なことになってしまった」

「わざわざ……。こんなにたくさん、ありがとうございます！」

宮女達が用意したものだと思っていただけに、驚きを隠せなかった。

「先日、色々あって茶会を楽しめなかっただろ？」

そう言って永慶様が指を微かに上げると、宮女が私にお茶を注いでくれる。

「甘いものは好きか？」

心配そうに顔を覗き込まれ、思わず笑顔になってしまう。

「好きです」

あと少しで「永慶様が」という言葉が口からこぼれそうになったが、私は慌てて呑み込む。

代わりに近くに置いてあった菓子を手に取り、口へ放り込む。

「美味《おい》しいです」

私がそう言うと、心からホッとしたように永慶様は微笑んだ。

その笑顔があまりにも柔らかく、一瞬勘違いしそうになる……。

私のために全てを用意し、私が喜ぶことを何よりも望んでくださっているかのようだ。まるで永慶様に好かれているようだ。

「これ――、何という菓子ですか？」

私は、永慶様の直ぐ側《そば》に置かれた菓子に目が留まる。元々、菓子に詳しいわけではないが、白くて丸い小さな菓子は初めて見るものだった。

「星みたいだな」

永慶様もあまり知らないのだろう。珍しそうに、その菓子が入った容器を持ち上げる。

「これは？」

永慶様がそう尋ねると、近くに控えていた宮女が直ぐに駆け寄ったが、彼の持つ容器を見て首を傾げる。

「これは――」

宮女は少しの間、言葉に詰まっていた。用意した彼女も記憶がないのかもしれない。

「美味しそうですね……」

私の横に控えていた宮女の一人が、小さく呟くのが聞こえた。確かに美味しそうではある。珍しい形もしているし、色も白だけでなく赤や青のものもあり、非常に鮮やかだ。

だが、永慶様がその菓子を持っていると、何故だか「食べてはいけない」という焦燥《しょうそう》感が私の中で大きくなるのを感じた。それは、軍にいた時のような理由のない焦りだった。

「珍しいものを用意するように言ったからな」

永慶様は、宮女がいくら待っても答えが出ないことに諦め、小皿に取り分けた。食べてみようというのだろう。確かに菓子は名前やその由来よりも、味が何より大切だ。

「だめです」

私は、菓子を口へ運ぼうとする永慶様の手を勢いよく叩いてしまった。永慶様の手から菓子だけではなく、皿まで落ち机の菓子がなぎ倒された。

それまで無関心だった周囲の視線が、全て私に注がれているのが痛いほど分かった。

「朱琳？　どうした、突然」

私の行動に永慶様は、困惑していた。それも当然だ。理由もなく菓子を食うなと言われたのだから。

「食べては駄目な気がして……」

「駄目なのか？」

念を押すように確認され、私は静かに頷く。永慶様は、にわかに信じがたいという様子だったが、そこへ一つの足音が近づいてきた。

「食べるのは、およしなさい」

それは皇后様の声だった。

「皇后様……」

席から立ち上がろうとする永慶様を皇后様は、片手で阻止して首を横に振った。

「刺繍は見た。刺繍のために疲れておったのだろう。もう、下がって休みなさい」

それは助け舟のようであり、死刑宣告のようにも聞こえた。

遠くの東屋からは、他の皇子妃達が嘲笑《ちょうしょう》する声が聞こえてくる。『星詠みの巫女』になりたいわけではなかったが、それでも私のせいで永慶様が笑われるのは、死ぬほどつらかった。

悲しさと悔しさに打ちひしがれながら、東屋を後にした私の足取りは、ひどく重かった。足を引きずるようにして、なんとか自室にたどりつき寝台に突っ伏した瞬間、自分の意識が急速に失われるのを感じた。今日のことを反省するよりも眠さが勝ってしまった。

目を覚ましたのは、茶会が終わってから何時間経《た》った頃だろう。窓の外を見ると既にとっぷりと暗くなっており、改めて後悔の念が私の中で広がる。

私が最低限の身だしなみを整えて露台《ろだい》に出ると、そこには永慶様の姿があった。

「星見台《せんけんだい》に行ってらっしゃるのかと——」

「伝えたいことがあってな」

茶会の際に着ていた着物を少し着崩した永慶様は、気だるそうにそういった。公衆の面前で恥をかいたのだから当然だろう。

「茶会を台無しにしてしまい、申し訳ございません！」

怒られる前に先に謝っておこうと勢いよく頭を下げると、永慶様は優しい笑みを浮かべながら、ゆっくりと首を横に振った。

「あのようなこと、些事《さじ》だ。気にするな」

それより、と永慶様は自分が座る長椅子の隣に空いた場所を手で指し示す。おそらく、座れということなのだろう。

私はおそるおそる永慶様の隣に座った。途端に永慶様の香りが強くなる。体温で香りが強くなった香水と汗の混ざった香りだったが、脳が揺さぶられたと錯覚するほどいい匂いだった。

「茶会に出されていた菓子を食べた宮女が、倒れたのだ」

低く落とされた言葉に、私は慌てて永慶様を振り仰いだ。露台の先を見つめている永慶様の表情は険しく厳しい現実を物語っていた。

「私が叩き落した菓子で、ございますか？」

永慶様は、そうだと頷く。

「あの後、片付けをしている際に、つまみ食いをしたらしく夕刻宮女が倒れたらしい」

「それって……」

先日の着物の毒針と似た出来事に私は思わず言葉を失う。

「調べた者によると、菓子に毒が仕込まれていたらしい」

私の言いたい言葉を理解したのか、永慶様は声を一段と落としそう言った。

「あの時、永慶様が召し上がっていたら――」

最悪の可能性に、背筋が凍るのを感じた。

「犯人は見つかったのでございますか？」

「菓子を準備した宮女が、怪しいと、調べさせたのだが既に姿を消していた」

私が寝ている間に、大事件に発展していたことに愕然《がくぜん》とさせられる。

「まぁ、後宮からはそう簡単には出られないから、どこかに潜んでいるか――」

永慶様は少し険しい表情を浮かべ、言葉を一度区切る。

「依頼主に消されたのだろう」

宮女が単独で永慶様を害そうと計画し、実行に移す――というのは、決して現実的ではない。おそらく犯行を指示した人間が他にいるのだろう。犯人が捕まり、余計なことを自供する前に殺された可能性は高そうだ。

「本当は、朱琳には聞かせたくなかったのだが、これだけは確認したくてね」

永慶様は、ゆっくりと座っていた長椅子から立ち上がり私の手を取った。

「知っていたのか？」

あまりにも真剣な表情に私は、思わず泣きそうになる。

「違います。私は、決してそのような――」

犯人の一人と疑われていることに、絶望が押し寄せるのを感じた。だが、冷静に考えれば、毒針や毒菓子の存在を知っていたからこそ、あの時、永慶様から遠ざけることができたと、考える方が自然だ。

「私が永慶様を害そうとするなんて――、そんなことするわけありません」

絶望と焦りは、私の言語を奪う。あえぐように口を動かし、何か言葉を紡ぎ出そうとした時、永慶様はゆっくりと首を横に振った。

「朱琳ではないことは、分かっているよ」

永慶様は、そう言うとゆっくりと私の手を握りしめてくれた。

「皇后殿下、やはり朱琳は分かっていたようです」

永慶様がそう言うと、露台の陰からゆっくりと人影が現れた。式典の時とは打って変わり、ほとんど柄のない黒い着物姿だった。髪に挿されていた無数の髪飾りもそこにはなかった。

「こ、皇后様？」

平服に近い姿だが、皇后様たるものが瑞鳳閣《ずいほうかく》の最下層に現れるという光景がにわかに信じられなかった。少しして私は慌てて、その場に跪《ひざまず》いて頭を下げる。

皇后様は直ぐに「よい」と言われて私は慌てて顔を上げた。

「あの……、私、本当に――」

意外な人物が現れ、私は思わず目に涙が浮かぶ。これは、どう考えても私を断罪しようとしているではないか。

「理由など、ないのじゃろ？」

だが、皇后様から発せられた第一声は、優しかった。

「理由はないが、食べてはいけない――」

皇后様はそう言うと、ゆっくりと露台の長椅子の上に座る。

「理由はないが、殿下がその場所へ行くのが不安になる――」

皇后陛下は、懐かしいものを見るような目で、私にゆっくり微笑んでくださった。

「最近、そんな感覚も減っておったのは、新しい星詠みの巫女が皇子に出会ったからだと思っておったが……」

皇后陛下は、持っていた扇でサッと長椅子を指し、私に座るように目で合図を送ってくださった。

「こんな所におったとはのぉ」

その声には、どこか諦めたような響きがあった。

「朱琳、そなたが『星詠みの巫女』じゃ。そして、永慶殿、そなたが皇太子となれ」

突然、とんでもない事実を言い渡されて、私は思わず言葉を失う。だが、少しして皇后様が大きな誤解をしていることに気づき、慌てて立ち上がった。

「ち、違います！　絶対、私ではありません」

「というと？」

皇后様は少し呆れつつも私の話を聞こうという姿勢を見せてくれた。

「今回の件は、本当にたまたまです！」

皇后様の勘違いで、私が星詠みの巫女となっては、永慶様を困らせてしまう、という焦りが

私の声を自然と大きくした。

「エレナ様やお姉様の方がよほど――」

私が弁明しようと、二人の名前を挙げたが皇后様は、力なく首を横に振る。

「エレナは、確かに皇后にふさわしい娘かもしれんが……」

皇后様は、大きくため息をついた。

「そう、思い込もうと、あえて試験を行ったのじゃ」

「あえて、ですか？」

皇后様は、静かに頷いた。

「泰然《タイラン》とエレナが、惹かれ合っていないことなぞ、一目瞭然《りょうぜん》じゃ」

確かに、第一皇子はエレナ様と仲がよくないことを決して隠す素振りはなかった。

「だがな……。私も一人の親じゃ。我が息子である泰然が皇太子になることを望んでしまった。もしかしたら、試験の結果で、何かが変わるのではないかと――のぉ」

皇后様は、ゆっくりと私の手に自分の手のひらを重ねてくださった。

「そなた、一次試験を永慶殿のために、全て間違えたのであろう？」

試験の小細工が見透かされていたことに驚き、私は言葉を失う。

「永慶殿は、決して皇太子などに興味を持たれる方ではない。だから、間違えた――。違うかえ？」

全て見透かされていたことに、私は静かに頷いた。

「エレナもやはりわざと間違えているが、あれは泰然のためではない。己の信じる道を進むために間違えよった」

「でも、それは私がお願いしたからで——」

なんとか擁護しようとするが、皇后様はゆっくりと首を横に振る。

「泰然は、誰よりも皇太子になることを望んでおった。それこそ前妃が亡くなった時、泰然が殺したのではないかという噂《うわさ》がたつほどじゃ」

皇后様は、ゆっくりと扇を開きながら何かを思い出すように、小さくため息をついた。

「それは、エレナも知っておろう。にもかかわらず、試験の問題を間違えるなど——」

広げた扇の端を掴むと、皇后様はゆっくりと手に力を込めた。扇にゆっくりとひびが入るのが、見える。余程、悔しかったのだろう。

「星詠みの巫女は、伴侶《はんりょ》の望まないことはできないのじゃ。これは理屈ではない」

皇后様は、諦めたようにそう吐き出す。

「で、でもお姉様の方がよほど『星詠みの巫女』にふさわしいと思います」

震えながら反論すると、皇后様は噴き出すように笑った。

「あれは、エレナよりも『ない』」

エレナ様の時のような迷いが、その言葉には微塵《みじん》も感じられなかった。

「朱霞は、確かに何事も卒なくこなす。妹を言いくるめて、わざわざを紫州《ししゅう》まで行かせて自分だけ第一次試験をのうのうと全問正解するような女じゃ」

そうさのう……、と皇后様はゆっくりと扇を開きながら、何かを思案し始めた。少しして、勢いよく扇を閉じた。

「そうじゃ、貴妃にはちょうどよい女子じゃ。悪知恵が働き行動力もありつつ、自分の手は決して汚さない冷静さもある。まさに、側妃向きの人材じゃ」

お姉様が嘲笑されたことに、私が腹を立てていることに気づいたのだろう。皇后様は「すまない」と短く謝ると、再び私の方へ向き直った。

「第一次試験、毒針、第二次試験と話を聞き、ようやく分かった。朱琳、そなたが星詠みの巫女であるとな」

そう言った皇后様は、どこかすっきりとしたような表情を浮かべていた。これまで、皇后様にも様々な葛藤《かっとう》や重圧があったのかもしれない。

「本来ならば、直ぐに公表すべきだが……、試験をすると言った手前、第三の課題が終わるまで待ってもらえるか」

申し訳なさそうに頭を下げる皇后様は、初めて見た時よりも小さく見え、逆に申し訳なくなってしまった。

「勿論です」

私は、そう返事をするしかなかった。皇后様は、そんな私の返事に満足したように頷くと、今度は永慶様に振り返る。

「だが、皇太子即位の儀式には、何かと時間がかかる。永慶殿には明日から、諸々の準備をしていただきたい」

永慶様も私と同様に、「はい」と返事をしていたが、その返事には葛藤が含まれているような気がした。

あれ程まで情熱をかけていた星見の仕事には、戻れないのだから当然だ。

だが、皇后様はそんな永慶様には気づいていないのだろう。永慶様の返事を聞くと少し安堵《あんど》したように微笑み、数人の宮女を引き連れて暗闇《くらやみ》の中へ消えていった。

「朱琳が、星詠みの巫女か……。これからが大変だな」

永慶様は呆然《ぼうぜん》としたようにそう言いながら、私に優しく微笑む。こんな時も私のことを気遣ってくださっている永慶様に、嬉しさと申し訳なさが同時にこみ上げてきた。

「すみません。私がもっとちゃんと上手くやっていれば」

あふれ出しそうな涙をこらえながら、勢いよく頭を下げると永慶様はそっと肩に手をおいてくれた。

「きっと、第三試験をすれば、皇后様も誤解だったことが分かるはずです」

第三試験の課題は、まだ公表されていなかったが、最後の試験ということもあり『星詠みの巫女』が決定的になる課題に違いない。

「いや、おそらく、本当に朱琳が星詠みの巫女なのだろう」

頭上から投げかけられる永慶様の声に苛立ちも焦りも感じられず、私はおそるおそる確認するように顔を上げた。

「でも、それでは……」

「朱琳はよくやってくれた。私に付き合って、よく後宮に留《とど》まってくれた」

「え？」

何を言われているのか分からず首を傾げると、永慶様は小さく笑った。

「紫州に行った時の朱琳は、生き生きとしていた。あんな表情は後宮では、見せてくれないだろ？」

確かに全てが規則と歴史で進行する後宮では、あの時のような自由の風を感じることはできない。

「本当は何時《いつ》だって後宮を抜け出せるのに、私のために留まってくれたのではないか？」

確かに後宮に来たばかりの時は、壁の高さや材質などを確認して、どのように抜け出そうか算段していたのは確かだ。

「逃げてもいいんだぞ」

突き放されるようにそう言われて、思わずこらえていた涙が頬を伝うのを感じた。

逃げてもいい……、つまり永慶様にとって私は、不要なのだという現実を突きつけられ、目の前に広がる暗闇のような絶望のどん底に突き落とされたような気がした。

第五章　星光の悲劇

中秋節の夜、後宮の空は無数の赤い紙で作られた灯籠《とうろう》の光に包まれた。

「綺麗《きれい》ですね……」

私は、姉の宮の露台《ろだい》から、その美しい光景を眺めていた。

「行かなくて本当によかったの？」

お姉様は、そう心配そうに尋ねた。お姉様をできるだけ安心させるように、小さく笑いながら振り返った。

「下で見るよりこっちの方が綺麗だと思いますよ」

灯籠が飛ばされているのは、宮からはるか先にある後宮の広場だ。ちょうど風にのって飛ばされる灯籠を見るのは、この高台にあるお姉様の宮が一番だった。

「でも、みんな楽しみにしているし……」

お姉様はそう言って、部屋の中を見渡す。お姉様の宮には常に数人の宮女が待機していたが、今日はその姿が一人もなかった。おそらく、灯籠を飛ばすために、休みを与えたのだろう。さすが、お姉様だと感心していると、お姉様は「でも……」と心配そうに私を見つめる。

「永慶《エイケイ》様は、いいの？」

式典などに参列する際は、できるだけ夫婦二人で参加するように言われていた。おそらく、お姉様はそのことを心配しているのだろう。

「大丈夫ですよ。式典にはちゃんと出席しましたし」

灯籠を空へ飛ばすのは、特に式典というわけではない。どちらかというと、娯楽要素が強いこともあり、出席は必ずしも必要というわけではなかった。

「それより、第三の試験問題が届いたことの方が気になりまして――」

二番目の試験に、皇后様ははっきりとした順位付けは行わなかった。その代わりに、第三の試験問題を出さなかったのは、星詠《ほしよ》みの巫女《みこ》が私であることを告知する日取りを調整しているからだろう。そう考えていたところ、お姉様の部屋に第三の試験問題が届いたというのだ。

式典から戻ったばかりだったが、お姉様付きの宮女に呼ばれ、式典に出た姿のまま、お姉様の宮を訪れることになった。

「ええ、そのことよね。中秋節の式典が終わって、殿下のご体調を窺《うかが》いに宮に戻ってきたら、この紙が置かれていたの」

お姉様はそう言うと、机の上に一枚の紙をおしやった。紙にはいくつかの星の配置が描かれ、冒頭に「第三試験」と書かれていた。その紙に見覚えがないだけでなく、意味も分からなかった。

「朱琳《シュリン》の宮には、本当に届いていなかったの？」

お姉様は、いぶかしげに私の顔を覗《のぞ》き込む。

永慶様の命を狙《ねら》うような事件がいくつか起こったこともあり、宮を一度空けた後は、必ず物の位置が変わっていないかなど細かく確認するようになっていた。

だからこそ、分かる。

私の宮には、第三の試験問題は置かれていなかった。私は、無言でゆっくり首を横に振った。

勿論《もちろん》、宮のどこかに隠されていたとしたら、その結果は変わるのかもしれない。ただ、皇后様があえて私に新たな試験を課すとは、考えにくかった。

「てっきり、朱琳の宮へも届いていると思っていたわ……」

私は苦笑しながら、お姉様が座る長椅子《ながいす》の隣に座り、試験問題を改めて覗き込んだ。

「星のことならば、永慶様に伺えば分かるかもしれませんね」

そう言いながら、私は胸が痛むのを感じた。皇后陛下に星詠みの巫女と指名されたことを、お姉様にも伝えていなかったからだ。お姉様に隠しつつ、試験の問題を考えるのは、お姉様に対する裏切り行為のような気がした。

お姉様のことを本当に思うならば、星詠みの巫女に指名されたことを伝え、この煩わしい試験から解放してあげるべきだろう。

もしくは、私が後宮から逃げ出せば、皇后様もお姉様の真価に気づき考えを改められるかもしれない。その場合、ここでお姉様に第二課題のお披露目の夜、皇后様から宣言されたことを伝えると、傷つけてしまう可能性もある。

これまで、ずっとお姉様に言うべきか、言わないべきか悩んできたのは、それが理由だ。

「永慶様もご体調が優られないの？」

その言葉から『元気ならば、永慶様を呼んで欲しい』という響きを感じて私は、慌てて首を横に振る。

「お仕事が残られているとかで、星見台《せんけんだい》に行っていらっしゃいます」

それは嘘《うそ》だった。だが、お姉様を安心させるためには必要な嘘だった。

永慶様は、揺光宮《ようこう》で皇太子即位のための着物を新調するために、採寸している最中だ。第七皇子ということ、永慶様が着物に頓着していなかったこともあり、着古した着物ばかり着ていたらしい。そのため、皇太子に即位するにあたり新たに何枚もの着物が必要になったのだ。

この事実をお姉様に正直に伝えてしまうと、全《すべ》てが明らかになってしまうので、私はあえて言葉を呑《の》み込む。

「それよりも、第二皇子殿下こそ大丈夫ですか？　具合、相当悪いのでしょ……？」

第二皇子殿下は、中秋節の式典も欠席されていた。第二皇子にもかかわらず欠席するとなると、よほど体調が悪いのかもしれない。

「先日、後宮で鷹《たか》狩りがあったでしょ？」

後宮の庭は小さな村が収まるほどの広さを誇る。そのため、鷹狩りなども定期的に開催されていた。三日前も皇子達による鷹狩りが開催されたばかりだ。

「ちょっと、はしゃぎすぎちゃったみたい」

お姉様は、そっと私に顔を寄せて声を落としてそう言った。

「確かに第二皇子殿下、ご活躍されていましたね」

私は観客席で見ているだけだったが、嬉々《きき》と馬を走らせ獲物を追う第二皇子殿下は、水を得た魚のように生き生きとしていた。

「ほら、他《ほか》のご兄弟と比べて、弓ぐらいなのよ。殿下が誇れるのは」

お姉様は、くだらないと言わんばかりに肩をすくめる。

「いや、戦場でも殿下程の腕前の方は、なかなかいませんよ」

戦場と狩りでは、必要とする弓の技術は変わってくる。だが、単純に的を射抜く能力としては、第二皇子殿下は、他の皇子よりもずば抜けていた。結果も桁違《けたちが》いだった。

「でも、弓の腕前があってもね……」

お姉様は、そう言って苦笑する。

「いくら弓の腕があっても、殿下の立場では末席に近いでしょ？」

お姉様の言うように、狩りの成果で第二皇子殿下が評価されている様子はなかった。皇子が例え戦場に出たとしても、前線で戦うことはないからだ。

「長男が生まれて、だいぶ扱いもよくなったけど、やはり後ろ盾がないとね……」

お姉様は小さくため息をついた。

他の妃達《きさき》とも適度な距離を取りつつ、後宮で上手《うま》く立ち回っていると思っていたが、お姉様ならではの悩みもあるのだろう。

「だからね、今回の課題もいい結果を出して差し上げたいの」

「お姉様は、本当に第二皇子殿下を慕われていらっしゃるんですね」

素直に夫への愛情を表現できるお姉様が、ただただ羨《うらや》ましかった。

形だけの夫婦である私は、永慶様への想《おも》いに気づいても、言葉に出すことが許されない。

「時々、殿下が皇子でなければ、なんて思うこともあるわよ」

悪戯《いたずら》そうにお姉様は、そう言って笑う。

実家に戻ったようないつものお姉様の笑顔は、おそらく周囲に宮女達がいないからだろう。

「そういえば、こういう式典みたいな時に、宮女に休みを出すのは普通なんですか？」

私も玉児《ギョクジ》達に休みを出すべきだったのかもしれない、と今さらながらに不安になってきた。

「どっちでも、いいんじゃないかしら？　今回は、新人の子が中秋の宴《うたげ》が初めてだったから、楽しんでもらうために休みを出したのよ。逆に宴だから、準備に時間がかかるって宮女を全員働かせている妃だって珍しくないわ」

た。

「なるほど……」

私の宮で働いてくれている宮女達に失礼があったわけではないと知れ、安心することができた。

「そんな時に、第二皇子殿下が体調を崩されるなんて、お姉様も大変ですね」

「でも、今さら看病しろって言えないでしょ？　他のみんなには内緒にしてね」

お姉様は、そう言うとシーッと人差し指を唇の前に軽く押し当てて上目遣いに私を見る。大きな瞳《ひとみ》がさらに大きく見え、自分の姉ながらその美しさに感心させられる。

「あなたは行きたかったら行っていいのよ？」

再びそう言われて私は、首を横に振る。

「お姉様と一緒に、試験問題を考えさせてください」

本気で試験問題を解きたいわけではなかった。だが、おそらく最後の課題が終わる頃《ころ》には、星詠みの巫女が指名され、お姉様とは今のように気軽には話せなくなるだろう。今は、子供の頃に戻ったような時間を楽しみたかった。

「エレナ様もお呼びしましょうか？」

私の提案にお姉様は不思議そうに首を傾《かし》げた。

「エレナ様、いらっしゃるの？」

「ええ、いらっしゃいますよ」

私はそう言って頷《うなず》き、長椅子から立ち上がり露台へと向かう。

露台から中庭を挟んだ先には私達の揺光宮がある。その揺光宮から少し視線を左にずらすと、そこにはエレナ様の宮・開陽宮《かいようきゅう》があった。月明かりがほぼない中、開陽宮がはっきりと目視できるわけではなかったが、私達のいる宮同様、窓から光が漏れているのが見えた。

「エレナ様、とお会いしたの？」

お姉様は不思議そうに、ゆっくりと部屋の中から露台へと出てきた。

「いえ、そういうわけではないんですが……」

エレナ様もやはり中秋節の式典に参加後、宮へ戻る姿が見られた。声をかけようとしたが、第一皇子と何か話していたので、あえて声をかけるのは控えた。

でも、と言って私はエレナ様の宮の窓を指さす。

「第一皇子殿下は、開陽宮へいらっしゃらないみたいなんです。だから、あの宮の窓から灯りが漏れるということは、エレナ様がいるってことですよ」

自慢げにそう言った私に、お姉様は楽しそうにクスクスと笑う。

「いつの間に、そんなにエレナ様と仲良くなったのよ」

『仲良くなった』という言葉に嬉《うれ》しくなって思わず微笑《ほほえ》んでしまう。

「やはりエレナ様もお呼びしましょうよ。きっとエレナ様も同じ問題で悩んでいらっしゃるはずです。もし、内容が違ったとしたら、それはそれで解決の糸口になりそうですし」

「それはよくないと思うわ」

お姉様に、そうあっさりと却下されてしまった。

「エレナ様は、お祈りの時間じゃないかしら」

「そういえば、毎晩、決まった時間に祭壇の前で祈られているって、おっしゃっていましたね」

私がそう言うと、お姉様は小さく笑いながら、軽やかに再び部屋へと戻る。

「それより露台は冷えるわ。中へ入りましょう。お茶を淹《い》れるわね」

お姉様の言葉を肯定するように、露台の下から風が吹き上げる。思わず身震いをして、私も足早に部屋に戻ることにした。

「きっと美味《おい》しいお菓子もあるんですよね？」

わくわくしながら尋ねると、お姉様は「とっておきがあるのよ」と微笑みながら、宮の奥へと消えていった。久々にお姉様のお茶が飲めることが嬉しく、上機嫌で机に置かれた第三課題を手に取ってみる。

星の並びになんの答えも見いだせないでいると、遠くで何かが割れるような音が聞こえた。

「お姉様？」

普通ではない音に、自然と長椅子から腰が跳び跳ねる。何か手伝えることはないかと、宮の奥へ行こうとしたが「大丈夫よ」とお姉様の声が飛んできた。

「ちょっと手元が滑ってしまったのだけれど」

そう言うと、部屋の奥からお姉様が盆に茶器を載せて現れた。

「綺麗に二つに割れたから大丈夫よ」

「よかった。怪我《けが》でもされたら、と心配してしまいました」

「久々に自分でお茶を淹れたからね」

お姉様は少し照れたように微笑みながら、ゆっくりと私の前へ茶器を置いた。茶器から立ち上がる湯気に、思わず頬《ほお》が緩むのを感じる。

「た、大変でございます！」

茶器に口をつけようとした瞬間、部屋に一人の宮女が入ってきた。

「どうしました？」

お姉様は、少し神経質そうにそう言うと、ゆっくり茶器を机へ戻す。

「エ、エレナ様がお亡くなりになられました」

宮女の言葉に私は、思わず立ち上がった。突然の事実に、持っていた茶器を思わず落としかけ、お茶が着物へとかかってしまう。

「亡くなったって、どういうことなの？」

「開陽宮で、遺体が発見されたと……」

お姉様の質問に、宮女は先ほどからさほど変わらない情報を口にする。

ていることはさほど多くないだろう。

いてもたってもいられず、事実を確かめるために立ち上がった。おそらく、この宮女が知っ

「行きましょう」

「きっと呪《のろ》いよ！」

お姉様は、絶叫するようにそう叫んだ。

「開陽宮の呪いよ。そんなところに行ったら、今度は私達が呪われてしまうわ！」

お姉様は一気にそう言い切ると、ふらふらと長椅子に座った。

「呪いかどうかを確かめるために行くんです」

お姉様の返事を待たずに私は、開陽宮から駆け出した。あそこまで拒絶している人を現場に連れて行く必要はないだろう。

渡り廊下を駆け下りながら、私は自分の心臓が鋼のように打つ音を聞いていた。単に走っている心臓の鼓動ではない。不安と緊張から私の心臓は、鼓動していた。

何かの間違いであって欲しかった。

『倒れた』という事実が、誤って『亡くなった』と伝わってしまったのではないだろうか……。

そんなことを考えながら走り抜ける私の足は、徐々にもつれるようなもどかしさを感じた。エレナ様が亡くなっているという事実を突きつけられたくないだけでなく、その事実に永慶様が悲しむ姿も見たくなかった。

「エレナ様！」

私が開陽宮の扉を勢いよく開いた瞬間、視線が一斉に集まるのを感じた。そこには数人の宮女が困惑したように立ちすくんでいる。

「エレナ様は？」

宮女の一人は、視線を向けないようにしながら、ゆっくりと宮の奥を指さし、「あちらです」と呟《つぶや》いた。

「後宮医は呼んでいるのよね？」

私の質問に、宮女たちは力なく首を横に振った。医者を呼ぶ必要がないという状況なのだろうか……。

嫌な想像を打ち消すように、私は勢いよく宮の奥へと駆けた。

「エレナ様！」

私が最奥の部屋の扉を開けると、そこには白い着物を着て床に寝そべるエレナ様がいた。その側《そば》には、床に片膝《ひざ》をついている第一皇子の姿があった。

「お前は――」

私の顔を確認すると、少し思案顔を浮かべている。少し間が空いた後、「あぁ」と言って膝《ひざ》を叩《たた》いた。

「永慶の妃だな」

おそらく名前を思い出すことを諦《あきら》めたのだろう。嫌味の一つでも言ってやりたかったが、私はグッとこらえる。

「エレナ様のご容体は――」

「死んだ」

私の言葉を遮るようにそう言った第一皇子の言葉は、あまりにもあっさりしすぎていて、思わず耳を疑った。まるで「寝た」という調子だ。

「な、何故《なぜ》……」

「おそらく『星詠みの巫女』になれないことを悔やんで、自害したのだろう。首を吊《つ》っていた」

第一皇子は、わざとらしく大きくため息をついた。

「死ぬなら、もっと早く死ねばいいものを」

彼が全くエレナ様の死を悲しんでいない事実が伝わり、悲しみを通り越し怒りが私の中で湧き上がってくるのを感じた。

「エレナ様は、殿下のために『星詠みの巫女』になりたいとおっしゃっていたんですよ！　そんな言い方、あまりでございます」

私が声を荒げてそう言うと、第一皇子は「滑稽《こっけい》だ」と小さく笑いながら吐き捨てた。

「エレナ様が、どれだけ殿下をお慕いになられていたか、殿下も十分ご存じだったのではございませんか？」

「お前が説教をするか？」

唐突な問いに私は「は？」と思わず聞き返してしまった。

「お前がエレナを殺したんだろ」

第一皇子は、そういうと部屋の奥に作られた祭壇へ、ゆっくり歩を進めた。

「エレナは、俺《おれ》のことを慕っていたのは確かだ。そんなエレナが『星詠みの巫女』になれないと知ったならば、こう考えるだろう。『このままでは第一皇子は皇太子にはなれない』とな」

エレナ様は基本的に民のことを第一に考える方だ。だが、実は彼女が普通の少女だったらどうだろう。好きな人の望みを第一に考えても不思議ではない。

「エレナにできることは、死ぬことだけだ。そうだろ？『星詠みの巫女』殿」

「そ、それは……」

星詠みの巫女に指名されたことを第一皇子が知っていることに、私は思わず愕然《がくぜん》とさせられた。皇后様自ら内密にして欲しいと言われたことだ。どこから漏れたのだろうか、あの時、私達の周囲には宮女はいなかったはずだ。

「俺が誰だかわかっているのか？　皇太子に最も近い第一皇子だぞ」

第一皇子は、くだらないと言わんばかりに祭壇の上に積み上げられていた本を軽く地面に叩きつける。『紫史』『北史』など我が国の歴史書ばかりだ。エレナ様が、星詠みの巫女になるために読んでいた本だろう。

「『星詠みの巫女』になったお前が、殺したんだろ？」

言い逃れのできない事実に私は言葉を失う。

「母上から聞いたぞ。『星詠みの巫女になりたくないと言っていた本人が、星詠みの巫女だった』とな。本当に俺やエレナのことを考えれば、辞退するべきだったんじゃないか？」

そう言うと、第一皇子はゆっくりと私の元へ向かいながら言葉を続けた。

「周囲にはそのことを伝えず、課題に必死になっている妃達を陰であざ笑っていたのだろ？」

第一皇子はそう言うと、私の肩を軽く押しやった。突きつけられた現実の大きさに、その軽い衝撃にすら体がふらついてしまった。

「さすが、未来の皇后様だ。なかなかの性格をしているじゃないか」

だが、彼の言葉を言い返すことは、私にはできなかった。決してあざ笑っているわけではなかったが、お姉様やエレナ様に星詠みの巫女に選ばれた事実を伝えないのは、確かに不誠実だっただろう。

「そのお前に説教されるとはな」

エレナ様の死の原因である私が、第一皇子を責める筋合いはない、と言いたいのだろう。絶望と悔しさで、私は思わず唇を強く噛《か》んでしまう。微《かす》かに口の中に血の味が広がってきた時、

「だが……」と第一皇子は、今度は私の肩を優しく軽く叩いた。

突き飛ばされると思っていただけに、肩にのせられた温かい重さがあまりにも気味が悪く、自然と鳥肌が立つのを感じる。

「エレナは、後宮を出ていけばよかったのに……。何故、あえて死んだと思う？」

私は床を睨《にら》みながら、首を振った。これ以上、エレナ様の死について受け入れることが今の私にはできなかった。

「エレナは、俺を皇太子にしたかったんだ」

「でも、そんなこと……」

既に永慶様が皇太子になっている以上、第一皇子が皇太子にはなれない。

「星詠みの巫女を妃にした者が、皇太子だ。お前が俺の妃になれば、いいではないか」

第一皇子の言葉に私は、思わず彼を見上げる。暗闇《くらやみ》の中に浮かび上がる彼の笑顔は、自信と狂気に満ちあふれていた。

「周囲を偽り、エレナを追いつめた罪を償って、俺の妃になれ」

とんでもない提案に、私は再び「は？」と聞き返してしまった。

「私は、永慶様の妃で――」

そう言った私の言葉を遮るように、第一皇子は私の口元を勢いよく片手で押さえた。頬に食い込む指に徐々に力が込められ、痛みが少しずつ広がっていく。

「お前達が形だけの結婚であることは知っている」

「な、なぜ……」

永慶様との関係は、私達二人だけの秘密だと思っていただけに、軽い絶望が私の中で広がっていく。

「お前達の周りに何人の宮女がいると思っているんだ」

馬鹿《ばか》にしたようにそう言うと、第一皇子は私をそのまま突き飛ばす。体の均衡《きんこう》が失われた瞬間、嗅《か》ぎなれた匂いと温かい腕が私を包み込んだ。

「兄上、乱暴はおやめください」

明らかな怒りをはらんだ永慶様の声に、私は慌てて振り返る。そこには、張り付いたような笑顔を浮かべている永慶様がいた。だがその笑顔の奥からは、確かな怒りが伝わってきた。安《あん》堵《ど》感と嬉しさが入り混じり、思わず涙があふれそうになった。

「朱琳は、私の妃でございます」

そう言った永慶様の有無を言わせない響きに、第一皇子は明らかにひるんでいた。だが、少しすると気を取り直し、悪い悪い、と笑いながら言葉だけの謝罪の言葉を口にした。

「お前も聞いていたならば、話は早い」

第一皇子は、部屋にチラリと視線を送ると、少しして部屋の隅にあった長椅子に勢いよく座った。

「朱琳と離縁しろ。州公になって、星を観測していたいのだろ。ちょうどいいではないか。代

わりの妃ならば、明日《あす》にでも連れてきてやるぞ。好みがあれば言え」

第一皇子にそう言われると、本当に実現しそうだから怖かった。

「それとも何か？　皇太子の座を実はお前も狙っていたというのか？」

馬鹿にしたような第一皇子の言葉に、永慶様はゆっくりと首を横に振った。

「今も昔も、一度たりとも皇太子などに、なりたいと思ったことはございません」

はっきりと言い放った永慶様の言葉には、嘘が全く感じられなかった。

「ですが、朱琳とは離縁はいたしません」

永慶様の言葉があまりにも意外だったのだろう。大きく見開いた第一皇子の瞳は、明らかな怒りをたたえていた。

「お前は馬鹿なのか？　これは、将来の皇帝に恩が売れるまたとない機会なんだぞ。それこそ星見台の一つや二つぐらい、お前の希望する所に建ててやろう」

悔しいが、第一皇子の言う通りだ。

永慶様が皇帝になったとしたら、星など観察していられないだろう。現に、皇太子即位式の準備のために、ここ数日は星見台に行けずにいる。正式に皇太子になれば、朝から晩まで政務に追われる日々が待っている。だからこそ、永慶様も皇太子となることを望んでいなかったのだ。

「それでも朱琳は、私の妃です」

永慶様は、力強くそう言うと私の肩を抱き寄せた。

「人も集まります。もう、この話はここまでとさせてください」

永慶様は、そう言うと私の肩を抱いたまま、第一皇子に背を向けて宮から出ていった。背後から怒号とも絶叫ともつかない、第一皇子の叱責《しっせき》を聞きながらも何故か、私の心には不思議な温かさが広がっていた。


「永慶様……。私――」

私達の宮へ戻った瞬間、私は永慶様に振り返った。

「顔色が悪いな。何か温かいものを」

永慶様がそう言って、近くの宮女に視線を送ると直《す》ぐに数人の宮女がその場を離れていく。体のいい人払いをしたのだろう。宮女達もその意図を汲《く》んでか、なかなか私達の元へ戻ってこなかった。

「兄上の言葉など、気にするな。エレナ殿を亡くされて動転されているのだろう」

優しく私を慰める永慶様の言葉に、私の瞳に再び涙が浮かぶのを感じた。

「私……。私が、エレナ様を……」

そこから先の言葉は、あまりにも苦しくて口にすることができなかった。そして、エレナ様を慕っていた永慶様に、なんとお詫《わ》びをしていいか分からなかった。

「それは違う」

だが、永慶様は、そう短く言い放ち、私の頬を伝う涙を指でぬぐってくれた。その指先の感触があまりにも心地よく、申し訳なさがさらに広がるのを感じた。

「でも……、エレナ様を追い詰めたのは……」

「待ってくれ。エレナ殿の死についてだが、本当に自殺なんだろうか」

永慶様の言葉に私は思わず首を傾げる。

「聞いた話なんだが、エレナ殿の信じている神は、自死することを禁じているらしい」

「そうなんですか？」

初めて聞いた事実に、思わず驚きの声を上げてしまった。永慶様は、ああ、と静かに頷く。

「我が国では、責任を取る形で自死を選ぶ例も少なくない」

「一族の名誉を重んじますからね」

私は永慶様の言葉に深く頷く。我が国では、何よりも名誉などの体裁を大切にする。そのため、何らかの失態を犯した時に、一族の名誉のために失態を犯した人間が自死することも珍しくない。

「だが、西国では自死した魂は、神のもとへは行けないという教えがあるらしい」

「そうだったんですか……」

永慶様が、エレナ様の国の文化に詳しいことが少し引っかかったが、私はあえて言及せずに頷くことにした。

「あれほど熱心に祈りを捧げているエレナ殿が『本当に第一皇子のため』といって自殺するだろうか？」

私は思わず口元を押さえる。新たな可能性に気づかされたからだ。

「では、エレナ様は誰《だれ》かに……？」

「調べる価値はあると思う」

真剣な表情で、私の耳元にそう囁《ささや》いた永慶様に、私は静かに頷いた。

「永慶様」

私はそう言って、永慶様の着物の裾《すそ》を引っ張る。ちょうど、エレナ様の宮から第一皇子と宮女らが出てくる姿が、小さく見えた。

「今なら、状況を確認できるかもしれません」

永慶様は、そうだな、と静かに頷き私の手を取った。それは微かな温もりだったが、心地よい温もりだった。

永慶様に手を引かれ再び、エレナ様の宮の入り口にたどり着くと、そこには二人の宮女が所在なさげに立っていた。おそらく、衛兵や後宮医などが来るのを待っているのだろう。永慶様の姿を確認すると、慌ててその場に跪礼《きれい》した。

「そなた達は、エレナ殿付きの宮女か？」

永慶様がそう尋ねると、二人は顔を伏せたまま「はい」と返事をした。

「他の者は、中か？」

皇子の妃には、五人以上の宮女が担当するのが一般的だ。

「いえ、エレナ様は必要以上の宮女を付けることを嫌がられており、私達二人で身の回りのお世話をさせていただいておりました」

「そんなことできるんですね」

私は感心させられた。窮屈だからと、宮女の数を減らして欲しいと当初、頼んだがお姉様や玉児から大反対されてしまった。

「エレナ様は、特別でございました」

「特別というと？」

永慶様に尋ねられ、宮女は自分の発言が失言だったことに気づいたのだろう。「失礼しました」とさらに顔を腕の中に押し付ける。顔を伏せており、その表情は窺えなかったが、肩が微かに震えている。おそらく叱責されることに怯《おび》えているに違いない。

「許す。エレナ殿の死因について調べたい。知っていることがあれば、教えてくれぬか」

「『星詠みの巫女』であるために、苦心をされている感じでした」

エレナ様の意外な一面を聞かされ、私と永慶様は思わず顔を見合わせる。

「というと？」

永慶様が怒っていないことに気づいたのだろう。宮女の緊張が徐々に緩むのが伝わってきた。

「毎日、朝と夜に神に祈りを捧げていらっしゃったんですが、あれも他のお妃様達とは違うという主張のように感じておりました」

「いつも決まった時間に、祈られていたんですよね」

「はい。でも、それをわざわざ、周囲にお伝えになられているという感じでした」

「あ……」

宮女の疑問はもっともだった。確かに私もエレナ様の口から、祈りを捧げていることを聞かされていた。

「しかも、私達ですら部屋から追い出して一人で祈りの時間を過ごしていらっしゃいました。本当に祈っているのかも怪しいものです」

もう一人の宮女が、助け舟を出すようにそう言う。

「では、今日《きょう》も二人は部屋の外にいたと？」

宮女達は、少し言葉につまり首を横に振った。

「今日は、中秋節ですから、宮にいなくてもいいと言われておりましたので」

お姉様だけではなく、エレナ様も宮女達に自由な時間を与えていたのだろう。

「その間は、中に誰も？」

宮女達は「はい」と頷いた。

「エレナ様は、いつも部屋の内側から鍵《かぎ》を閉められていたので、宮に戻ってからも部屋の内側から物音がするまで、中には入りませんでした」

「音がしたの？」

私がそう尋ねると、宮女は少し驚いたようだが、少しして「はい」と静かに頷いた。

「祭壇の貴金属が落ちるような音がしましたので、何かあったのかと外から声をかけさせていただきました。でも、返事がなかったので衛兵を呼びました」

「外から鍵は開けられなかったの？　鍵は持っているでしょ」

中から鍵をかけられる部屋の多くは、外からも鍵をかけられるのが一般的だ。だが、宮女は首を横に振る。

「この部屋の鍵は、エレナ様しかお持ちではございませんでした」

「私達が部屋に入れないことを分かっていらっしゃり、首を吊られたのかと」

宮女達は露骨に、嫌悪感を示した表情を浮かべている。おそらく、エレナ様が亡くなって悲しいという感情よりも、不快感の方が勝っているに違いない。

「では、衛兵が部屋を打ち破ったのか」

永慶様は、宮の奥に視線を送りながら、宮女に尋ねたが、二人は慌てて首を横に振った。

「いえ、衛兵が来る前に、第一皇子殿下がいらっしゃいました」

「兄上が？」

永慶様の問いに、宮女達は緊張した面持ちで「はい」と頷いた。

「エレナ様からもらった文……、のことで大層お怒りで」

「だから、現場に第一皇子殿下がいらっしゃったんですね」

普段は訪れないエレナ様の宮に、第一皇子がいることが不思議だったが、ようやく納得することができた。

「そうなんです。『せっかく来てやったのに返事をしろ』と大層お怒りで、エレナ様の部屋の扉を壊すように部屋にお入りになられました」

「入ってもいいか？」

「こちらでございます」

宮女達は、私達を案内するように、足早に部屋へ案内してくれた。さっき、訪れた時は気づけなかったが、確かに扉には剣で切りつけたのか無数の傷がついていた。さらに扉としての機能は果たしておらず、壁に立てかけられている状態だった。扉がゆがみ、元の場所にはまらないのかもしれない。

部屋に入った瞬間、ある違和感に気づいた。

「エレナ様の部屋から、何かが落ちるような音がしてから、第一皇子が部屋に入られるまで、そんなに時間はかかっていないのよね？」

宮女達は、少し何かを考えるかのように天井を仰ぎ見た。おそらく当時のことを思い出しているのだろう。

「そう……、ですね」

「ということは、部屋に入った瞬間は、エレナ様はまだ生きていらっしゃったの？」

人間は首を吊っても即死するわけではない。発見が早く、適切な処置が施されれば、死なないという例もある。

「いえ、それはございません。完全にお亡くなりになっていました」

「脈を見ましたが、完全に途切れておりました」

処置の悪さを責められていると感じたのだろう。二人の宮女は、初めて必死な様子でそう主張した。

「エレナ様のご遺体は、第一皇子殿下が運び出されてしまったのかしら？」

私の中で大きくなった違和感の正体を確認しようと、部屋の中を見渡すがエレナ様の姿はなかった。

「エレナ様でしたら、こちらでございます」

宮女の一人が、露台の方へと向かっていった。素直についていくと、露台の上に横たわるエレナ様の姿があった。

「なんで、そんなところに！」

私は怒りで思わず叫びながら、羽織っている打掛を脱いで、エレナ様にかけた。

「第一皇子殿下の指示でございまして……」

怒られても困る、と言った迷惑そうな表情をする宮女がさらに憎らしかった。死んでもなおゴミのように軽々しく扱われているエレナ様の姿が嘆かわしかった。そして、それを永慶様に見せるのもつらかった。

「死体のくせに血色がいいのは、呪われている証拠だからと――」

その言葉に、慌ててエレナ様に被《かぶ》せた着物をめくってみる、露台は星明かりしかなくよく分からなかったが、確かにエレナ様の頬は紅潮したように赤くなっている。死んだと知らされていなかったら、寝ているだけと勘違いしたかもしれない。

「首を吊るとこのようになるのか」

部屋から灯《あか》りを片手に持って露台に現れた永慶様は、不思議そうにエレナ様に視線を落とした。

「いいえ、かつて首を吊ったものを何度か見たことがございますが、このような――」

言いながら、私はエレナ様の手を確認する。

エレナ様の手は、汚れや怪我など一つもついていない白魚のような美しい手だった。私の疑惑が徐々に確信に変わっていくのを感じる。

「皮膚の色だけではございません。もし、首を吊って死んだ場合、苦しさから首をかきむしると言われています」

私はそう言って、ゆっくり衣をめくりエレナ様の首元だけを永慶様に見せる。首元をかきむしったような跡もない。

「他殺だからか？」

その疑問にも私は首を横に振る。

「もし、犯人が後ろから絞め上げた場合、エレナ様は抵抗されたはずです。やはり指先には、縄などの凶器や犯人の皮膚などが指に残ることもありますが、ございません」

今度は永慶様にエレナ様の綺麗な手を見せる。

「非常に綺麗な状態です」

「では、一体……」

「やはり呪いということですか！」

永慶様の疑問に答える形でそう叫んだ宮女達の悲鳴に、私は首を横に振る。

「おそらく、エレナ様は首を吊って死んだのではなく、死後に自殺したかのように偽装されたのでしょう」

もし、永慶様が現場にもう一度戻ろうと言わなければ、外聞の悪さからエレナ様は早々に埋葬されていただろう。彼女の死の違和感に気づく人は、少なかったかもしれない。

「というと？」

永慶様の質問に答えるために、私はエレナ様の手を床にゆっくりと置き、今度はエレナ様の腕を露《あら》わにした。

そこには、死体とは思えないような薄紅色のエレナ様の腕が現れた。西国出身ということもあり、透き通るように白かったエレナ様の腕とは思えなかった。

「これは、炭団《たどん》で死んだ人間の特徴です」

軍で何度か見た現象だ。冬に野営する際、締め切った幕の中で炭団などを使って暖を取ることは禁止されていた。閉め切った幕の中で使用し、外気を入れないと中の人間が正常に呼吸することができずに死んでしまうからだ。

従軍して長い人間には常識だった。だが、年に数回、規則を守らない兵士や貴族が、寒さに耐えかねて炭団を締め切った幕の中で使用し、亡くなってるのが発見されることもあった。その時の遺体の皮膚は、決まったように薄紅色に色づいていた。

「だが、今日は、さほど寒くないぞ」

永慶様の疑問はもっともだ。炭団を使うのは、よほど寒い日だ。勿論、現在のような秋口に使うこともあるが、それでも朝や晩に冷え込みが激しい時だ。

「おそらく事故ではないと思います。意図的に炭団を密閉した部屋で使用し、エレナ様を死に追いやった人間がいるはずです」

「この宮には、炭団を使ったような痕跡《こんせき》はないか」

永慶様に尋ねられて、宮女達は慌てて、残りの部屋を確認しに行く。

「少なくともこの部屋ではなさそうだな」

永慶様は、そう言って宮の外側につけられた窓を指さした。小さな小窓で、人がやっと一人入れそうな窓だ。その窓は、外側に向かって開いており、しっかりと換気されていた。

「エレナ殿が亡くなった部屋の窓は開いていたとなると、あそこから犯人が出入りしてエレナ殿を殺したことになるが……」

永慶様は、少し控えめに私に視線を移した。

「この後宮では、そなたぐらいだろう。あそこの窓から出入りできるのは」

「この壁は……」

磨き上げられた壁を触り、私は首を横に振った。

「自力で登るのは難しいかもしれません。中から紐《ひも》か何かを垂らしてもらえれば、可能ですが」

私はそう言って、試しに壁に手と足をかけてよじ登ってみるが、壁にかけた指に力が入らず、予想通り直ぐに落下することになった。

「すまん。冗談だ」

永慶様に真剣な表情でそう言われ、恥ずかしさから耳まで赤くなるのを感じた。

「どの部屋にも炭団を使用した痕跡はございませんでした」

少しして戻ってきた宮女達は、肩で息をしながらそう報告してくれた。おそらく部屋の隅から隅まで確認してくれたのだろう。

「あの窓はいつも開いているの？」

私が尋ねると、宮女はちらりと小窓を見て、静かに頷いた。

「エレナ様がお祈りを捧げられる時は、いつもあの窓は開いております。今回もお祈りをされた後に亡くなられたのかもしれません」

私は、エレナ様を着物ごと抱き上げて、再び部屋の中へゆっくりと戻る。

「代わるか？」と、手を差し出された永慶様に、首を横に振る。こんなに軽いエレナ様なら、二人ぐらい抱えられる自信はあった。

部屋の中の長椅子に、ゆっくりエレナ様を横たえ、着物をサッとかけなおし、再び彼女の死因を探ることにした。

「月明かりが差し込むから、ここが祭壇なのだな」

祭壇の前に立った永慶様は、そう言って小窓を見上げていた。

「月でございますか？」

私は、慌てて永慶様の横に立った。今日は、月が見えないはずだ。

「ほら、あそこに歳星《さいせい》が見えるだろ」

永慶様は、私の肩を抱いて、空の一点を指さす。そこには明るい星が一つあった。

「この時期の歳星の動きは、月と似ている。この窓から歳星が見えるということは、日によっては月が見えるはずだ」

「灯りを全て消して、月明かりの中、お祈りを捧げられていたんですね」

自分で、そう言いながら大きな違和感に気づいた。

「永慶様、変です！」

突然叫んだ私に永慶様は、少し驚いたような表情を浮かべるが、否定的な言葉は口にしないでくれた。

「今日、お姉様の宮に行ったんですが、その時、エレナ様の宮から灯りが見えたんです」

お姉様の宮からエレナ様の部屋を見た光景を思い出して、私は小さく叫んだ。

「本来は灯りを消して、祈りを捧げている時間にもかかわらずにか。それは確かに変だな」

「犯人は、あの窓から侵入したのではなく、少し離れた場所から鍵を投げ入れただけなのではないでしょうか」

「遺体を運び入れ部屋の鍵をかけ、後から鍵を入れることで密室を作ったということか」

永慶様の言葉に、私は力強く頷く。

「犯人は、目印にしたかったのではないでしょうか」

「目印？」

永慶様は答えを促すように、片方の眉《まゆ》を軽く上げた。

中秋節で多くの人間が宮を空けていたとしても、誰かに見られるという可能性がないわけではない。せっかく密室を作っても、密室を作っている現場が見つかっては元の木阿弥《もくあみ》だ。

「今日は、月明かりがない夜。この部屋の位置を正確に把握するためには、灯りが必要だったのだと思います」

そう考えると、全ての違和感に説明がつく。

祭壇の物が落ちる音がして宮女達は部屋に入ろうとしたが、エレナ様が立てた音ではなく鍵が落ちる音だったのだろう。

永慶様は、ゆっくりと部屋の出口に当たる場所に歩いていく。

「鍵はここで見つかっている。もし、外から小さな窓に鍵を投げ入れることができたとしても、窓のすぐ側に落ちるのではないか？」

祭壇から永慶様の立つ場所まで、歩数にすると十歩ほどの距離だろう。

「露台から窓に向かって鍵を投げ入れたわけではないと思います。おそらく……」

私は永慶様の周囲に必死に目を凝らす。

第一皇子が、無理やりこじ開けたという扉があった場所は、ぽっかりと黒い空間が広がっていた。その先には出口へ向かう廊下が続いている。それは数十歩ほどの距離だったが、随分と心許《こころもと》なさを感じた。

ふと気になって、壁に立てかけてあった扉を元の場所へ戻す。その扉は思いのほか重く、手こずっていると永慶様が、そっと手を貸してくれた。

「元の場所へ戻せばいいのだな？」

「はい。内側から見ると、どうなっているか気になり」

永慶様と扉を元に戻しながら、その凄惨《せいさん》な扉の姿に驚かされた。至る場所に大小の傷が残されている。剣で何度も打ち付けられていたことは分かっていたが、改めてその傷を目の当たりにすると第一皇子の怒りが伝わってくるような気がした。

戦場でも残虐な人間はいた。急所を狙えばよいにもかかわらず、敵を嬲《なぶ》り殺すように攻撃するような輩《やから》だ。戦場という場で自我が保てなくなったか、もともと残虐な人間なのだろう。

扉につけられた傷は、そんな狂気に満ちた兵士の姿を彷彿《ほうふつ》させた。それと同時に、先ほど、第一皇子に顔を掴《つか》まれた恐怖が突如湧き起こってきた。戦場でしか見られないような狂気が、明確に自分に向けられたのが久々だったからだろう。

「兄上は、怒ると手が付けられないからな……」

呆《あき》れたように永慶様は、ため息をつく。

「だが、内側は問題なさそうだな」

永慶様はそう言って私を部屋の中へと招く。

内側の取っ手付近には微かな傷がついているが、それ以外は目立った傷はなかった。

「扉を木っ端みじんにしたかったんですかね」

私も小さく呆れながら、扉を触りつつ、再び小窓へと視線を送る。

「鍵を投げ入れるなら、矢はどうでしょう」

「矢を射るのか？」

永慶様は不思議そうに首を傾げる。

「私なら、矢で投げ入れます。高さも必要ですが、窓から矢が飛んできた場合……」

その軌跡を想像しながら、扉に指を這《は》わせていると、小さな穴がそこにはあった。

「永慶様、これ……」

私は永慶様へ振り返り、そのまま祭壇の上の窓を仰ぎ見る。

「これは、剣の傷でもないし、この高さからするとエレナ殿がつけられた傷でもなさそうだな」

私はその穴の形を丹念に調べ、ある違和感に気づいた。

「窓から矢が射られたとしたら、ここに刺さりますすよね」

「そ、そうかもしれないが……」

突飛な私の発言に、永慶様は困惑したように形だけ同意の言葉を口にしてくれた。永慶様に真意が伝わっていない事実に気づき、私はあわてて補足することにした。

「この穴の形、見てください。通常の矢が放たれれば、楕円形の穴が開きます。でも、この穴、十字形になっています」

「そうなんです。このような十字形がつくのは、鳳凰《ほうおう》の意匠が施された式典用の矢だけなんです」

「珍しいな」

私が伝えたかったことの真意が伝わったのだろう。永慶様は「式典用の……」と小さく唸《うな》りながら、扉から離れた。

「式典用の矢を持ち出せるのは限られた人間だ」

永慶様の言葉に静かに頷くと、ゆっくりと宮女達に振り返った。

「現場に矢など、落ちていなかったか？」

私達の話を聞いていなかったのだろう。宮女達は質問の意図を測りかねると言わんばかりに、眉間《みけん》に皺《しわ》を寄せ、少しすると首を横に振った。

「兄上が持ち帰ったということもないのだな」

永慶様に再三確認され、宮女達はぎこちなく頷いた。

「矢尻に紐などをつけておき、矢を射った場所から紐を引けば、矢を回収することはできるのではないでしょうか」

「なるほど。だが、矢はそんなに簡単に抜けるか？」

永慶様は、扉を軽く叩くと、鈍い音が響いた。分厚いよい木が使われているのが、その音からも分かる。

そんな密度の高い扉から矢を抜くのは、簡単なことではないだろう。

「そこで、第一皇子です」

私は、扉をさけるようにして一度、部屋の外に立つ。

「この扉ですが、内側から外側へ引く仕組みになっています」

そう言って、扉を引くような仕草をして見せる。

「紐を引くだけでは、簡単に矢は抜けませんが、外側から扉を引く力が加われば、抜けやすくなるでしょう」

おそらく、エレナ様の筆跡を真似《まね》て、第一皇子を怒らせるような文を犯人は送り付けたのだろう。

「確かにそうだな……。そう考えると――」

永慶様は、そう言って再び祭壇へ戻っていった。

「ここに紐のような跡があるのも納得がいくな」

そう言って、祭壇の中央に掲げられた絵画の端を指さした。よく見てみると、確かに絵の端には紐でこすったような傷跡があった。

「矢を回収することで密室であるかのように見せたのか。しかし、その犯人は――」

永慶様は、ゆっくりと露台へと出ていく。私も扉を壁へ立てかけ、永慶様の後を追う。暗闇の中には、ポツポツと宮の灯りがともっている。おそらく他の妃達も中秋節から戻ってきたのだろう。

「矢を打ち込めるとしたら、あそこかあそこの窓になるな」

永慶様が指さした先は、お姉様の宮とその隣の宮だった。

「ただ、あそこから弓を射るとなると、相当な腕が必要になります。私も弓の腕に自信はありますが、お姉様のいる天枢宮《てんすう》から、この窓を狙える自信はありません」

距離からすると、六階以上の距離があるだろう。昼間ならまだしも、視界が限りなく悪い夜に窓を狙える自信はない。

「それと式典用の弓矢は、矢尻の形が異なるので、単なる弓の名手が使えるという代物ではございません」

矢尻の形状が変われば、矢の重さや重心が変わる。そのため、今回のような式典用の矢尻を使って正確に狙える人物は、常日頃式典用の矢に接している人間だけだろう。

「鉦雄《ショウユウ》兄上ぐらいか」

永慶様は、そう言って大きくため息をついた。

「ですが、第二皇子殿下は本日、体調を崩されており――」

「仮病だとしたら？」

永慶様は、意を決したように足早に部屋へ戻り、そのまま宮の外へ出ていかれる。行先はおそらくお姉様の宮だろう。私は、慌てて永慶様の後ろを追った。

「衛兵、ついて参れ」

遅れて到着した衛兵の数人に、永慶様は視線を送り渡り廊下を足早に駆け上がった。

「エレナ様が亡くなられてた時間、私も露台におりました」

「天枢宮には、各部屋に窓があるんだ。おそらく、兄上は部屋から弓を打ち込んだのだろう」

「で、ですが、そのような音は――」

しなかったと言いかけて、私は言葉に詰まる。常に私が露台にいたわけではない。お姉様がお茶を淹れていた間は、部屋の中にいたではないか。さらに、お姉様が何か落とす音を聞いたのも思い出した。あの音が茶器を落とした音でなかったとしたら……。

「でも、何故、第二皇子殿下が？」

永慶様は、振り返らずに「簡単だ」と吐き捨てた。

「エレナ殿を『星詠みの巫女』と勘違いしたのだろう」

「勘違いですか？」

驚きの事実に私は、思わず耳を疑った。

「泰然《タイラン》兄上が、星詠みの巫女が決まったことをご存じだったように、鉦雄兄上も星詠みの巫女が決まった、という噂《うわさ》を聞いていたのだろう」

第三試験が、なかなか実践されないことから、後宮では「既に星詠みの巫女は決まった」という噂がまことしやかに囁かれていた。

「それで、殺したのですか?」

自分勝手すぎる動機だが、それが一番自然だった。エレナ様の次に『星詠みの巫女』に近いのは、お姉様という噂も決して少なくはなかった。

「人の命をなんだと思っている」

そう言った永慶様の声は、決して大きくなかったが明らかな怒りを言葉にはらませているのを感じた。

被害者がエレナ様だからかもしれない――。

その事実に気づかされた瞬間、自分の胸の奥が冷たくなるのを感じた。永慶様にとって、エレナ様は手を握っただけで相手のことを好きだと思えるような人だ。どうしようもない現実が、私に大きくのしかかる。

私が死んだら、我を忘れて第二皇子の元へ向かってくれるだろうか。

自然と私の歩く速度が遅くなった。永慶様の背中が遠くなりかけた瞬間、永慶様は私の手を勢いよくつかんだ。

こんなに悲しい現実を突きつけられても、やはり永慶様に手を握られるとそれだけで、頭の芯《しん》がしびれるような感覚になるのだから不思議だ。

「次に狙われるのは、朱琳だ。こんな下らないことで、私は大切な人を失いたくない」

あまりにも悲痛そうに、そう俯《うつむ》く永慶様に、胸が苦しくなった。おそらく彼は、亡くなってしまったエレナ様を全力で守りたかったのだろう。

だが、エレナ様を守りたかったという気持ちは、私も一緒だ。彼女の無念を晴らすためにも、しっかりと犯人を捕まえるのが私に残された仕事かもしれない。

私は永慶様の手を握り返し、遅れを取り戻すために走り始めることにした。

「今行けば、炭団で殺害された証拠が残っているかもしれません」

永慶様は、一度深く頷くと、直ぐに私の横に並び、走り始めた。星明かりに照らされた永慶様の横顔には、いつもの笑顔はなく微かな怒りを帯びていた。


「朱琳、やはり呪いだったの？」

肩で息をしながら、天枢宮を訪れた私をお姉様は驚いたような表情を浮かべ、出迎えてくれた。だが、少しして永慶様が後から現れたことに気づき、お姉様は直ぐにその場に跪《ひざまず》いた。

「殿下もいらしたとは知らず、失礼しました」

「構わぬ。それより兄上は、いらっしゃるか？」

「鉦雄様ですか？」

お姉様は、ゆっくりと立ち上がり、不思議そうな表情を浮かべている。

「今日は、気分が優れないからと、お休みですわ」

お姉様はゆっくりと、私達を宮の中へ招き入れてくれた。

「こちらです」

お姉様は、廊下の突き当たりにある扉の前で立ち止まり、扉を優雅な手つきで指し示した。

廊下の前には、一人の宮女が跪いている。おそらく、第二皇子付きの宮女なのだろう。

「殿下のご様子は？」

お姉様が尋ねると、宮女は少し驚いたように顔を上げ、再び顔を腕の中へと戻した。

「ずっとお休みです。静かに寝たいからと、立ち入りを禁じられております」

「今日は一日中、そこに？」

永慶様が尋ねると、宮女は慌てて首を横に振る。

「中秋節の祝いに参加させていただきましたので、先ほど持ち場に戻りました」

お姉様は「そうなんですの」と困ったように頷いた。

「お姉様、こちらの宮で今は使われていない部屋などございませんか？」

「あるけど、それが何か？」

怪訝《けげん》そうな表情をお姉様は浮かべる。

「見せてください」

有無を言わせない様子で永慶様にそう言い放たれ、お姉様は「こちらです」と宮の廊下を先導してくれた。私達の宮にはないような扉がいくつもあり、同じ宮でもそもそも面積が大きく異なるという事実に気づかされた。ある部屋の前で何かが焦げたような臭いがし、私の足が止まる。

「この部屋は？」

「ここは、衣に香を焚《た》くときに使っている部屋だけど……」

お姉様がゆっくりと、その部屋の扉を開いた瞬間、廊下にモワッとした臭気と煙の香りが広がった。

「やだ……、香を炷きっぱなしにしたの？」

お姉様が叱責するように、宮女達に振り返ると宮女達は、慌てて首を横に振った。

「今日は、お二人とも式典に参加されないので、香は朝から一度も炷いておりません」

香は火を使うものだ。炎が上がるわけではないが、衣が香に触れるなど最悪の事態が重なると火事になるかもしれない。宮女は力を入れて否定したかったのだろう。

「では、なぜ……」

お姉様は、ふらふらと煙の香りが漂う部屋の中へ入っていった。少しすると「これって……」と小さく悲鳴を上げた。お姉様の手には、古びた木の首飾りがあった。

「エレナ様の首飾りですね！」

よく見ると、エレナ様が祈られる時などに、握られていた十字形の首飾りだった。

「ここが殺害現場か……」

永慶様が悲痛そうに呟く。ここには血痕《けっこん》も遺体もないが、実際にエレナ様が亡くなられた場所という事実が、私の中で重くのしかかる。

「兄上に会わせてくれ」

そう言った永慶様の表情に、いつもの笑顔がないことに気づいたのだろう。お姉様は、少し驚いたような表情を見せたが、少しして「勿論でございます」と足早に廊下を駆け抜け、大きな扉の前で足を止めると扉を勢いよく叩いた。

「殿下、永慶様がお見舞いにいらっしゃいました。入りますね」

お姉様はそう言うと、部屋からの返事を待たずに、扉を開けた。その瞬間、勢いよく風が吹き抜ける。部屋を見渡すと、窓が開け放たれ、その窓枠につかまり震えている第二皇子の姿があった。

お姉様は「殿下!」と短く叫ぶと第二皇子の元へと駆け寄り、その足元に抱き着いた。

「何をなさっているんですか!」

「離せ!　もう死ぬしかないんだ」

「何をおっしゃっているんですか!」

何のことか分からないといった様子で、お姉様は叫んだ。

「エレナ殿を殺害されたのは、兄上で間違いないのですね」

永慶様は、苦しそうにそう呟く。確かに、腹違いとはいえ、自分の兄を犯人と認めるのは苦しいだろう。

「なぜ、そのようなこと！」

お姉様が叫ぶと、少し第二皇子は驚いたようにお姉様を振り返った。

「なぜ、私に一言でも相談してくださらなかったのですか？」

「そ、それは……」

第二皇子は何か言葉を探すように、視線を左右にせわしなく動かした。

「『星詠みの巫女』の件でございますね」

お姉様は、ひれ伏すようにその場で、さめざめと泣き始めた。

「あ、ああ……」

第二皇子は、俯きながら小さくお姉様の言葉を肯定する。

「エレナ様が星詠みの巫女になられたと勘違いされ、殺害を企《くわだ》てるなんて……。そんな恐ろしいこと……」

泣きながらお姉様は、第二皇子を責める。

「なぜ、そのような勘違いを……」

永慶様は、そう唸るように尋ねた。

「皇后陛下が、開陽宮へ入っていく様子が見えた」

その自白に私は言葉を失わざるを得なかった。あの日、私達の宮へ皇后様が入られたのをエレナ様の宮へ行かれたのだと勘違いされてしまったのだろう。確かに、はるかに離れた天枢宮から見れば開陽宮も揺光宮もさほど変わらない場所にある。

私が星詠みの巫女になったことを、お姉様に変な気遣いをせずに、話していれば……、という後悔が徐々に広がっていくのを感じた。

「エレナ様が星詠みの巫女になられたら、第一皇子殿下に我が子の命が狙われると思われたのでございますか？」

第二皇子が答えを出さないことに、痺《しび》れを切らしたのかお姉様が、涙ながらにそう言って第二皇子の足元に顔を押し付けた。

「お一人でお悩みでしたら、力になりましたのに。そしたら、こんな惨《むご》いこと！」

「だ、だが……」

お姉様に叱責され、第二皇子は完全に困惑したように、言葉に詰まっていた。

「さぁ、戻ってください。私も一緒に罪を償いますわ。自死されるなど、愚かなことなさらないでください」

「朱霞《シュカ》……」

第二皇子は震えながら、お姉様の手をとり立ち上がらせた。

「殿下、もう何もおっしゃらないで」

その言葉に、第二皇子は何かに弾《はじ》かれたようにお姉様の手を離した。お姉様の表情は、こちらからは窺い知れないが、おそらく声の調子からして泣いているのだろう。

だが、少しして第二皇子の顔面が蒼白《そうはく》になっていくのが分かった。

「後は頼む！」

第二皇子は、そう言うとお姉様を突き飛ばし、窓から飛び出した。それは、本当に一瞬のことで、私達には止める術《すべ》がなかった。

第六章　星霜《せいそう》の背信

エレナ様と第二皇子が亡くなられてから数日経《た》ったある日の夜、私は静かに中庭の東屋の中で思案を巡らせていた。

言うべきなのだろうか。

黙っているべきなのだろうか。

数日前の喧騒《けんそう》が嘘《うそ》のように、瑞鳳閣《ずいほうかく》が夜の闇《やみ》に包まれる中、徐々に私の思考が研ぎ澄まされていくのを感じた。

いや、東屋で思案を巡らさなくても私の中で答えは出ていたのだ。だが、それを口にする勇気が持てなかった。私は、ゆっくりと立ち上がり、永慶《エイケイ》様の部屋へと向かう。

その足取りは、これまでの人生の中で一番重かったといっても過言ではない。足の裏に鉄の塊のようななにかが張り付いているようだ。

行きたくないのだ……。

そんなことを考えているうちに、永慶様の部屋の扉の前までたどり着いていた。

「お呼びしましょうか？」

部屋の前で待ち構えていた宮女にそう言われ、私は慌てて頷《うなず》く。それは、小さな覚悟の表れでもあった。エレナ様を死に追いやった犯人を突き止める、それが永慶様の願いなのだからと。

部屋に入ると、永慶様は机に向かい静かに書物に目を落としていた。長いまつ毛が微《かす》かに光ったような気がした。

「朱琳《シュリン》か、このような夜更けにどうした？」

永慶様は、驚いたように椅子《いす》から立ち上がると、ゆっくり私の元へ歩いてきてくれた。

「永慶様、もう一つ調べなければならないことがあります」

私が、そう言うと真剣な相談だと、直《す》ぐに気づいてくれたのだろう。「分かった」といって、長椅子の前へ私を連れてきてくれた。

「下がっていてくれ」

宮女が素早く酒杯を私と永慶様の前に並べたのを確認し、永慶様はそう言って人払いまでしてくれた。

「何か気づいたのか？」

おそらく私が星詠《ほしよ》みの巫女《みこ》として、何か気づいたと思ってくれたのだろう。真剣な眼差《まなざ》しで見つめられ、申し訳なさがこみ上げてくる。

「エレナ様に関することです」

「あれは、兄上の自死をもって事件が解決したと思うが」

少し不快そうに、永慶様はそう言って目の前の酒杯をゆっくりと持ち上げた。

私は躊躇《ちゅうちょ》しながらも言葉を続けた。

「エレナ様の事件ですが、姉が関与していると思うんです」

「朱霞《シュカ》殿が？」

永慶様は、少し驚いたように片眉《まゆ》だけを少し上げる。

「はい。この事件ですが、そもそもの始まりは、この宮が割り当てられたことから始まったと考えています」

「宮の順番は、第一の課題の結果で決まったのだったな」

永慶様は、何かを思い出すように酒杯に軽く口をつける。

「あの時、お姉様は開陽宮《かいようきゅう》だけは呪《のろ》われているから利用したくないと、頑《かたく》なに言っていました。それで、私が全部間違え、もう一人一問だけ正解してくれる人がいればいいと、話していたんです」

「そうすれば、朱霞殿の回答内容にかかわらず、開陽宮を避けることはできるな」

そうだ、と私は深く頷いた。

「その密談中に現れたのが、エレナ様でした」

永慶様は、興味深そうに「ほう」と頷いた。

「あの時、お姉様は密談の場所として人が少ない書庫を選ばれたんですが、最初からそこにエレナ様がいることを知っていたとしたら――」

エレナ様の部屋には、本が無数に置かれていた。おそらく、彼女は勉強するためにたくさんの本を読んでいるのだろう。お姉様が、エレナ様の習慣を知っていても不自然ではない。

「エレナ殿なら困っている二人がいたら、無条件で『手伝う』と名乗り出てくださるだろうな」

永慶様は、ゆっくりと持っていた杯を机に置き、私の言葉を肯定してくれる。その言葉には、どこか懐かしむような響きがあったが、思いのほか淡々としたものだった。

「お姉様は、最初からエレナ様を開陽宮に入れることを計画されていたのではないでしょうか」

「だが、弓を打ち込んだのは、兄上だろう」

「実行犯は、確かに第二皇子殿下です」

私は、永慶様に向き直った。

「ただ、第二皇子殿下単独の犯行だった場合、不自然な点がいくつかございます」

永慶様は「というと？」と首を傾《かし》げた。

「エレナ様が、第二皇子殿下の部屋へ一人で訪れるでしょうか」

私の指摘に、永慶様は「あぁ……」とため息をついた。

「エレナ様は、外聞を気にされる方でした。たとえ、私と一緒でも永慶様を開陽宮にお招きになられませんでしたよね？」

お茶会でエレナ様を送った日のことを思い出しながら、私は言葉を続けた。

「エレナ様を天枢宮《てんすう》へ招き入れたのは、第二皇子ではなくお姉様だったと考えると自然ではないでしょうか」

「確かに……」

永慶様は、何かを考えるように机に置かれた、酒杯のふちを人差し指でなぞった。

「さらに、遺体をエレナ様の宮へ戻すのも第二皇子では、見咎《みとが》める方も多いでしょう」

「もし、朱霞殿ならば『用があった』と言えば、それで問題がなくなるからな」

そう言って、永慶様は渋い表情を浮かべた。

「心苦しいのですが、毒針の事件とお茶会での事件も姉によるものだと私は考えています」

「だが、朱琳ではなく、なぜ私が？」

エレナ様を狙ったのは、星詠みの巫女である可能性が高い、ならば、永慶様を狙う理由はない。

「おそらくですが……、お姉様は七夕《しちせき》の儀の夜と茶会の夜には、永慶様を揺光宮《ようこう》に確実に足止めしておきたかったのでしょう」

「中秋節に、私は参加しないと踏まれたのか」

申し訳なく思いながらも私は、静かに頷いた。

「中秋節は、月が出ていない月に一度の夜でございます。星を観察されるはず、と考えても不思議ではありません」

「確かに、着物の新調の予定がなければ、星見台《せんけんだい》に行っていたな」

永慶様は、面白そうに小さく笑った。

「万が一、犯行時刻に揺光宮に永慶様がいらっしゃった場合、弓を打ち込む姿を目撃されるかもしれません」

「朱琳には、試験問題の相談だと言えば、足止めできるわけだしな」

「あの日、お姉様は意図的に私を露台《ろだい》から引き離しました。おそらく、あの時に弓を第二皇子殿下が撃ち込まれたのでしょう」

なるほど、と永慶様は深く息を吐く。

「その事実に私達が気づく前に、朱霞殿は私達を殺しに来たのかな？」

永慶様の言葉に、私は慌てて振り返ると、そこには満面の笑みを浮かべたお姉様がいた。

「私をお呼びになられたのは、永慶様ではございませんか」

お姉様の顔には笑顔が張り付いていたが、頰《ほお》は強張《こわば》りその目は決して笑っていなかった。

「実は、私も気になったことがあってね」

永慶様は、懐から一枚の紙を取り出した。

「こちらは？」

私はそう言って一枚の紙を持ち上げる。それは、芸術的なまでに美しい文だったが、『無能な皇子』『私が死ねば、お前は皇太子にはなれないだろう』など挑発的な内容が続いていた。

「泰然《タイラン》兄上から預かった文だ」

「第一皇子殿下の？」

私は驚いて、再び文と永慶様の横顔を見比べる。永慶様も第二皇子殿下単独の犯行ではないと考え独自に調査していたのかもしれない。

「中秋節の夜、この文が兄上の元へ届けられたらしい」

「それで、激高されていたんですね」

第一皇子殿下が、エレナ様へのあたりが強いのは知っていたが、扉を剣で切りつけるほど怒るのは非常に不思議だった。その理由が分かり、なるほど、と感心させられた。

「だが、これはエレナ殿が書かれたものではない」

「なぜ、そのようなことが分かるのですか？」

部屋の入り口に立ったまま、お姉様は突き放したようにそう言った。

「エレナ殿は、我が国の文字が読めないんだ」

「え……」

私とお姉様は、思わず驚きの声を上げてしまった。

「でも、エレナ様はたくさんの本をお読みになられていました」

「本を読むために、宮女が必要だったんだ」

二人の宮女が必要だった理由が分かり、私は、思わず息を呑《の》んだ。

「だから、兄上がエレナ殿の部屋に来た時、手紙を持っていたのが不思議だったんだ。兄上も西国の文字を読めるわけではないからね」

「それで、お姉様が書いたと――」

私は、再び問題の手紙を手にするが、お姉様の筆跡とはあまり似ていない気がした。

「でも、あまりお姉様の字とは似ていない気がします」

「確か、書が上手《うま》い宮女が一人、朱霞殿付きの宮女にいましたよね？」

永慶様は、お姉様に振り返りながらそう尋ねる。だが、お姉様は慌てた様子もなく、馬鹿《ばか》にしたように永慶様の言葉を笑った。

「もし――、エレナ様のふりをして、私が手紙を送っていたとしましょう」

そう言うと、お姉様はゆっくりと足音を立てずに、部屋の中に入ってくる。

「何か問題でも？」

お姉様はそう言うと、私達の向かいにある長椅子にゆっくりと座った。

「私が、殿下に言われてエレナ様の宮に荷物を届けても……。何も問題はございませんよね？」

「お姉様、嘘でございますよね……」

それまでお姉様を疑っていたが、改めてお姉様の口から『犯人である』と言われると、にわかに信じたくなかった。

「何のために殿下が亡くなられたか――、ご理解いただいていると思っていましたが」

そう言ったお姉様は、ひどく冷淡だった。

「殿下は、全ての罪を償うために自死されたではございませんか？」

「あの時――」

私は恐ろしい可能性にようやく気づき、お姉様を改めて見据えることにした。いつもの華やかで可憐《かれん》な微笑《ほほえ》みはなく、石像のような冷たい視線が返ってきただけだった。

「第二皇子殿下が、自室の窓辺にいた時、口止めされたんですね」

信じたくなかったが、その残酷な事実を口にする。第二皇子が、投身自殺を図る直前、お姉様は自殺を止めようとしていた。だが、見方を変えると、第二皇子に極力しゃべらせないようにしていたともとれる。

「だとしたら？」

お姉様は、ゆっくりと腕を組むと、首を傾げた。

「今回の一件、後宮ではエレナ様と殿下の自死ということで、片付いたじゃない。改めて、私の存在を騒ぎ立てて、どうするつもり？」

それに、とお姉様は、私の前に置かれた酒杯をゆっくりと手に取る。

「あなた達が、いくら騒ぎ立てても何もならないわよ？」

お姉様は楽しそうに酒杯に口をつけて、ゆっくりと酒を仰いだ。

『『できそこない皇子』に破天荒な妃《きさき》。夫を亡くしたばかりの品行方正な妃の言うこと、どちらを信じるかしら？』

永慶様を侮辱され、私は思わず「お姉様！」と叫んでいた。

「永慶様も気づきませんでした？　妹との結婚で、どんどん自分の立場が悪くなっているのが」

お姉様は、さも楽しそうに、永慶様に笑いかけた。

「本当は、どこぞの弱小貴族の娘をあてがおうと思いましたが、朱琳でいいとおっしゃっていただいて、本当に助かりました」

「どういうことですか？」

お姉様の言っていることが分からず、私は思わず聞き返す。

「朱琳も本当にお人よしよね。私が、厚意であなたを後宮に招いたと思っているの？」

一通り高笑いをすると、お姉様は一気に酒杯の酒をあおった。

「全部計画の一環だったのよ」

「私が後宮に来ることがですか？」

お姉様は馬鹿にしたように「そんなわけないでしょ」と言って、勢いよく杯を机に叩《たた》きつけた。

「後宮で『たまたま』第二皇子と出会ったって言ったけどね、そこからよ。私が出自も知らない男と恋に落ちるはずがないじゃない」

確かにお姉様は、小さい頃《ころ》から結婚には慎重だった。

「誰《だれ》が第二皇子かなんて、最初から分かっていたわ。でも、接点がない」

我が家は上流貴族の一員ではあるが、皇子と結婚できるほどの人脈も財力もない。

「だから、お兄様から後宮に入れる千人茶会の話を聞いた時、この機会しかないって思ったの」

「それで、第二皇子殿下と『恋』に落ちられた――と」

お姉様は私の言葉を「ふん」と鼻で笑った。

「いい加減、目を覚ましなさい。『恋』なんて、不確かなものに人生を懸けるわけないわよ。殿下に『契約』を持ちかけたの」

「契約？」

お姉様の言葉の意味を測りかねて私は、思わず聞き返す。

「簡単な契約よ。私を正妃にすれば、皇太子にしてあげるって言ったの」

お姉様は、自分の爪《つめ》をまじまじと見ながら、他愛もない世間話のようにそう言い放った。

「淑妃《しゅくひ》様が亡くなられて、第二皇子の立場、後宮で最悪だったでしょ？」

そう言って、永慶様に振り返る。勿論《もちろん》、永慶様は返事をしないが、お姉様は気にした風もなく言葉を続けた。

「どうせ他《ほか》の皇子妃達は、世間知らずのお嬢様達ばかり。手玉に取るのは簡単だったわ」

確かにお姉様は、他の妃達が争っているのを横目に、いつも気配を消していた。そして、いざという時には、自分の存在をしっかり主張していた。

「それだったら、私ではなくても……」

もし、お姉様が蹴落《けお》としたい敵に選ぶならば、私ではなく他の令嬢を連れてくれば済む話だろう。

「そうね……」

お姉様は遠い過去の記憶を探すように、遠い宙に視線を向けた。

「妬《ねた》ましかったからかしら」

「私が？」

突然の告白に、私は目を白黒させた。お姉様は、私よりも頭がよくて刺繍《ししゅう》もできる、楽器だって詩だって詠める完璧《かんぺき》な人間だ。そんなお姉様が私を妬む理由が分からなかった。

「私のような貴族の娘としての生き方を全否定しながら、それでいてお母様やお父様に可愛《かわい》がられているあんたがずっと妬ましかったの」

「それは……」

可愛がられているのではなく、放っておけなかったという方が正しいだろう。

「だからね、刺繡一つまともにできないと、お母様から聞いて歓喜したわ。ようやく私の優秀さが評価される時が来たんだってね」

確かに、私が失敗すればするほど、お姉様の評価が高くなったのは確かだ。そして、貴族の娘としての生き方を大切にする後宮で、私は恥ばかりかいてきた。

「素直で馬鹿なあんたを利用するのは、本当に簡単だったわ。利用されているのに、私に感謝してて、笑いをこらえるのが大変だったのよ」

高笑いをしながらお姉様は、酒瓶から杯に酒を注いだ。

「言ってくだされば、お姉様を引き立てる演技をしましたのに――」

私は泣くのをこらえながら声を上げるが、お姉様は「ほんと、何も分かってない」と吐き捨てると、杯から酒をあおった。

「あんたが、そんなに器用な演技ができるわけないじゃない。場違いな刺繡を勧めても、その意図を理解できないで雲模様を選ぶし」

お姉様が龍《りゅう》の意匠を勧めてきたのは、無知ではなく悪意だったと分かり背筋が寒くなる。

「私は、あくまでも完璧な駒《こま》が欲しかったのよ」

駒と言い捨てられ、反論する気力もなくなり、思わずうなだれてしまった。そんな私の肩を永慶様は、慰めるように優しく抱いてくださった。

「あのね、後ろ盾がない皇子の妃って、どれほど後宮で大変な思いをするか知っている？」

お姉様は勢いよく立ち上がると、机の上に乱暴に空になった酒杯を叩きつけた。

「第二皇子なのに、いつも末席。着物の色を選ぶ時も一番最後」

窓に向かって、そう叫ぶお姉様の表情は見て取ることはできなかったが、その背中から悔しさと悲しさが伝わってきた。

「娘の莉莉《リーリー》が、亡くなった時も調査らしい調査はしてもらえなかったわ」

悔しそうに手を握りしめた。

「子供を殺されて黙っているわけにはいかないから、亡き淑妃様のお父様に支援をお願いしたの」

お姉様がもらったという高価な翡翠《ひすい》の首飾りの存在を思い出した。

「根回しもしたわよ？　文や菓子を送りつけて、他の妃の立場が悪くなるような小細工だってしたわよ」

自慢げにそう言うお姉様は、私の知る優しく誰よりも優秀な自慢の姉ではない、別の何かになってしまったかのようだった。

「第二皇子殿下も分かっていたわ。自分の地位が、後宮内で高くなっているのは、私のおかげだってね。だから、私がエレナ様を殺す計画を立てた時だって、静かに従ったわ」

酔ったのか顔を赤くしたお姉様の目は、完全に据わっていた。

「弓の練習だって、言われた通りに毎日していたわ。ほんと、馬鹿みたいにね」

お姉様は、馬鹿にしたようにゆっくり拍手をしながら、再び高笑いする。

「私が香の部屋で、エレナ様を殺害した時も遺体を荷車で運ぶ時だって、手伝ってくださったわ」

「お姉様の細腕では、エレナ様を荷車に載せられないでしょうね」

着物を運ぶ時に、貸そうとしてくれた荷車の存在を思い出し、私は苦々しく呟《つぶや》いた。あの荷車も、エレナ様殺害のために用意していたのかと思うと、ゾッとした。

「ほんと、よくしつけたもんでしょ？　きっと私の言うことを聞かなくなったら、再び後宮での地位が下がると思ったんでしょうね。だから、最期だって何も弁明しないで死んだの」

お姉様は、小さく笑うと、ゆっくりと私達の方へ振り返った。

「私達の苦しみは、心から『皇太子になりたくない』『星詠みの巫女になりたくない』と思っているあんたたちには分からないわよ」

お姉様がずっと『星詠みの巫女になりたくない』と言っていたのが、嘘だったということに気づかされ、愕然《がくぜん》とした。

「ねぇ、お願いよ。あなた達はどうせ、後宮を去っていくんでしょ？　黙って私を『星詠みの巫女』にしてちょうだいよ」

「朱琳が星詠みの巫女なんだ」

永慶様は、お姉様を正面から見据え、そう短く伝えた。

のだが……」

「皇后陛下から、内々に指名があり、第三の課題が終わり次第、公表されることになっていた
「うそよおおおおお」

永慶様の言葉を遮るように、お姉様はそう叫ぶと永慶様に掴《つか》みかかろうとした。私は慌てて長椅子から立ち上がり、お姉様を両腕で抱えて制止する。細腕のお姉様ならば、たやすく取り押さえられると思っていたが、お姉様は私の腕の中で暴れることを決して諦《あきら》めなかった。

「そんなこと認めない！　私が『星詠みの巫女』なのよ！」

髪を振り乱し、そう叫び続けるお姉様の姿を見るのは忍びなかった。

「第一皇子殿下が、私を妃に迎えてくださると――」

「それで私達を殺しに来たのか」

永慶様は、大きくため息をついた。確かに、もし、ここで私達が死ねば『星詠みの巫女』はいなくなり、残された妃達の中から選ぶことになるだろう。

「兄上はな、朱琳を妃に迎えようとされている。上手く利用されたんだ」

「そ、そんなわけ……」

お姉様は私の腕の中で、わなわなと震えながら床に座り込んだ。信じていたものがなくなり、立つ気力がなくなってしまったのだろう。

「そなたには、冷宮《れいぐう》での軟禁を命じる。皇帝陛下や皇后陛下からもお許しはいただいている」

永慶様がそう言うと、部屋の陰から衛兵が数人出てきて、私の腕からお姉様を引きはがした。

「おのれ……」

お姉様は、床を引きずられるようにして運ばれながら、見えない何かを見つめるように虚空を見つめながら、ぶつぶつと言葉にならない恨み節を唱えていた。

「お前達のことは、許さぬからなぁ！」

扉から姿を消す瞬間、お姉様はカッと目を見開くと、そう叫んで暗闇《くらやみ》の中に消えていった。

お姉様がいなくなった部屋は、家具や装飾が変わったわけではないのに、先ほどまでとは打って変わり空虚に感じられた。

「私のせいですね……」

「朱琳、痛くないか」

永慶様は、そう言って私の手を優しく包む。改めて自分の手を見てみると、赤く引っかかれたような傷がついていた。

「大丈夫です」

お姉様が暴れた時についた傷だろう。浅く致命傷になる傷ではない。

「姉の息子は……、甥《おい》はどうなるのでしょう」

お姉様が罪人となれば、息子の処遇も大きな問題となるだろう。

「死罪を免れるというわけには――」

「最善を尽くす」

永慶様は、私の手を握る手に力を込めて、そう言った。

「朱琳、抱きしめていいか？」

突然の提案に、私は静かに頷く。その時になって、初めて自分が大粒の涙を流していることに気づかされたのだ。ぎこちない手つきで永慶様に抱きしめられると、あたりに永慶様の香りが立ち込める。その優しく甘い香りが、泣くことを許可してくれたような気がして涙がさらにあふれ出てきた。

「今回の一件で、おそらく『星詠みの巫女』が朱琳であることは公になると思う」

永慶様は、ゆっくりと諭すように、そう呟いた。

「泰然兄上だけでなく、他の兄上も朱琳を妃に迎えたがるだろうな」

「『星詠みの巫女』って、すごいですね。こんな野生児みたいな子を妃にしたいと思われるなんて」

「朱琳は、気づいてないだけだ」

そう言った永慶様の声は、少し強張っていた。

「馬に乗り自由に野を駆けるそなたは、紛れもなく美しい。人の痛みに寄り添い、自分のことのように苦しむ心の美しさも何物にも代えがたい」

「嘘ばっかり」

永慶様の下手《へた》な慰めに私は思わず苦笑をさせられる。

「星明かりに照らされて、馬に乗るそなたの姿は目を見張ったよ」

「夜ですか……？」

紫州《ししゅう》に行った時は常に、日中の行動だったこともあり、私は首を傾げた。

「まだ、分からないか」

少し永慶様は怒ったようにそう呟くと、私の肩を掴み勢いよく引き離した。

「星見台に来てくれ」

永慶様はそう言うと、私の返事を待たずに部屋から出ていった。

終章　星の帰る場所

露台《ろだい》から吹き上げる夜風を受けながら、私は着物の裾《すそ》を慌ててかき合わせた。秋の香りをまとった風は思いのほか冷たく、星見台《せんけんだい》の露台に来たことを後悔し始めていた。どうせならば、風の当たらない部屋で待っていればよかった。

だが、婚礼の夜に初めて永慶《エイケイ》様と見下ろした景色を思い出し、私は露台にいることを選んだ。

「寒くないか」

ふわりと肩に着物がかけられ、慌てて振り返ると、そこには永慶様の姿があった。

「ありがとうございます」

着物一枚が重ねられただけだが、心が温かくなるのを感じた。

「馬がある」

唐突に切り出された言葉に私は思わず「馬ですか？」と聞き返してしまった。

「冷宮《れいぐう》の裏門に、馬を一頭、斉照《セイショウ》に用意させた」

「斉照が？　なんで？」

突然登場した戦友の名前を聞いて、私は思わず耳を疑った。彼は紫州《しゅう》にいるはずだ。

「門番も買収してある。この時間ならば、宦官《かんがん》の姿をした者が抜け出しても誰《だれ》も気づかないはずだ」

そう言われて、自分にかけられた着物を見てみると、後宮で下働きをしている宦官のものだった。

「冷宮の警護は薄いですからね」

なるほど、と感心しながら私は肩にかけられた着物を脱いで、ゆっくりとたたむ。

「罪を犯した者などが集められている冷宮なら、確かに警護も他《ほか》の門より甘い」

穏やかそうな顔をしているが、意外に切れ者だな……、改めてと感心していると、それを察したのか永慶様は苦笑した。

「一番の難関は、冷宮を超える塀だ。外の門へ向かうためには、高い塀があるが……」

永慶様はそう言って私の肩を抱き、後宮の端を指さした。永慶様が指さした先には、白い塀が続く様子が微《かす》かに見える。

「朱琳《シュリン》なら、あの程度の高さは造作ないだろ」

間近で見ているわけではないので何とも言えないが、塔から見下ろしているのだ。確かに塔をよじ登ることを考えたら容易《たやす》いだろう。

「道具がなくてもいけそうですね」

「星見台に登ってきた時は道具を使っていたのか？」

驚きの声を上げられ、私は思わず眉《まゆ》をしかめてしまった。

「素手で登ってきたと思ったんですか」

そんな野生児だと思われていたのかと、唖然《あぜん》とさせられる。そして最初から彼の目には、女性として映っていなかったと気づかされ、少し悲しくなってしまった。

だが、先ほど突き放されたことを思い出し、私はグッと鼻に力を入れながら、笑ってごまかす。

永慶様は、星詠《ほしよ》みの巫女《みこ》となった私を後宮に置いておきたくないのだろう。だから、こうして手の込んだ逃亡手段を用意してくれたのだ。私が後宮から逃げ出せば、永慶様はちゃんとした女性を妻として迎えられるだろう。

「やっぱり、私が後宮にいたらまずいですよね」

一縷《いちる》の望みをかけて、私はそっと呟《つぶや》いてみる。

「私、意外に強いんです。永慶様の護衛としても役に立ちますよ」

永慶様からの返事を聞くのが怖く、そう付け足す。妻になろう、なんて大それたことを思っているわけではなかった。護衛でもいい、毒見でもいい——、その役割がどんな名前だろうとただ彼の側《そば》にいたかった。

「守ってくれるのか？」

そう言って、永慶様は苦笑する。

「だって、皇太子になられたら、それこそ命を狙《ねら》われることは多くなると思うんです」

「星詠みの巫女に守ってもらうのは、確かに心強い」

微かに、何かがつながったような気がして、私は「そうですよ」と永慶様の手を握った。指先から伝わってくる温もりが、錯覚かもしれないが私を励ましてくれるような気がした。

「妃《きさき》なら、側にいても自然ですし、いざという時に誰よりも永慶様をお守りできます」

護衛が皇子の側に付き添うことは、公式の場などでは珍しくない。それが妃ならば、暗殺者も油断するだろう。

「朱琳、一つ聞いていいか？」

永慶様は、そう言って私の手を握り返すと、私の視線までそれを持ち上げた。

「婚儀の夜、聞いたことを覚えているか？」

指先に込められた永慶様の指先の圧に、先ほどまでの勢いはあっという間に削がれてしまった。私は、言い訳をする代わりに、無言で頷く。これ以上何かをしゃべったら、この気持ちがあふれてしまうような気がした。

「好きという感情が分かったのか？」

そう言って目を見据えられると、泣きそうになってしまう。

私は、この人が好きだ。

そう素直に言えたら、どれだけ楽だろう。私は、言うべき言葉を吟味しながら、ゆっくり口を開いた。

「私、側妃が何人いても文句を言いません。正妃として偉そうにするつもりもないんです」

「朱琳は、後宮にいたいのか？」

永慶様は、驚いたようにそう呟く。確かに、一時的に住むだけだからと言い聞かせて後宮での生活を甘んじてきた。

着物や髪型の指定があるお茶会や式典に、出席しなければいけない。誰かの悪口に花を咲かす姿を咎《とが》めることもできなくなるだろう。姉妹ですら、その言葉の真意を疑わなければいけない。

「嫌じゃないです」

色々な言葉をこらえながら、絞り出すようにそう言った。

「私はてっきり、馬に乗って草原を駆けていたいのかと――」

驚くようにしてそう言われて、私は思わず「そりゃ、そうですよ」と叫んでいた。

「でも、後宮を出たら永慶様と一緒にいられないじゃないですか！」

「それは……」

私の一世一代の告白に、永慶様の顔がみるみるうちに赤くなっていく。

「後宮に私がいるから、と思っていいんだな？」

確かめるように、そう言われ私は静かに頷く。

「天から降ってきたと思ったんだ」

脈略のない話題に私は思わず首を傾《かし》げる。

「朱琳が、星見台に現れた日だ。神が願いを聞き届けて、遣わしてくれたのかとね」

「神？」

永慶様の言っている言葉の意味が分からず、私は目を白黒させることしかできなかった。

「ずっと会いたかったんだ」

「わ、私にですか？」

そう私が叫ぶと、永慶様は恥ずかしそうに頷く。

「じょ、冗談ですよね？　だって、婚儀の時、本当の夫婦になるつもりはないって――」

「あれは、済まなかった。言い訳をさせてもらえるならば、そなたは蓋頭《がいとう》を被《かぶ》っており、顔が見えなかった」

確かに、あの時の私は蓋頭を被っていて、永慶様は顔を見ていないのは確かだ。

「あと――、名前が違った」

「は？　え？　私、婚儀の前に永慶様と会ったことありました？」

永慶様の言っていることの意味が分からず、私は思わず声を荒げてしまう。

「ちょっといいか？」

永慶様は、そう言って私の手を引くと、近くの小部屋に招き入れてくれた。私が部屋の扉を閉めるのを確認すると、永慶様は懐から一枚の厚紙を取り出し、なにやら折り始める。

「何ですか、それ？」

「灯《あか》りをくれ」

私の質問に答える代わりに、永慶様は紙を折りながら部屋の中央に置かれた燭台《しょくだい》を指さした。蝋燭《ろうそく》の灯りを消さないように、ゆっくりと永慶様の前にある机に置く頃《ころ》には、永慶様の手の中に紙の箱ができていた。

「これ――」

「覚えてないと思うが……」

永慶様は、そういうと燭台の上にそっと箱を乗せる。その瞬間、部屋中に光の粒が飛び出した。よく見ると、箱には小さな穴があけられており、燭台の光がその隙間《すきま》から漏れているのだ。

「私達が初めてあった日の夜空だ」

「これがですか？」

確かに言われれば、部屋のあちらこちらに飛ぶ光は、星空のようだった。よく見てみれば、光の大きさには大小があり、正確に星を再現したということが伝わってくる。

「あの日――、刺客に襲われた時の星空だ」

「え……」

ある可能性に気づき、私は言葉を失う。

「一年半前、私は周囲の反対を押し切って、土碑《どひ》国と緊張状態が続く国境にある星見台へ向かったんだ。あの場所でしか見られない星食《せいしょく》があったからな」

私が所属していた第三師団が派遣されたのも土碑国との国境に位置する場所だった。

「散々反対されたが、私が護衛の格好をして周囲の目を欺くならば――という条件で星見台へ行くことが許可された」

確かに緊張状態にある国境に、皇子が単身で赴けば誘拐や暗殺の危険性は高くなるだろう。

「本来ならば、夕刻までに星見台へ到着する予定だったのだが、手違いで牛車《ぎゅっしゃ》が手配されず、出発が遅れてしまったんだ」

「それで、夜中にあんな山道にいたんですね……」

本来ならば、次の日を待ってから出発するべきなのだろうが、星を観測するために訪れた永慶様には、その日に到着しなければいけない理由があったのだ。

「おそらく――、牛車の手配ができていなかったのではなく、足止めするためだったのだろう。山間部を通りかかった時に、刺客に襲われた」

永慶様は、そういうと私の目をじっと見つめて手を取った。

「あの時、第三師団の軍師殿が助けてくれなければ命を落としていただろう」

「あの時の――」

私は大きな勘違いをしていたことに、ようやく気づかされた。

「私を庇《かば》って、傷を負った朱雀《シュジャク》という者を見舞いにいったのだが、少女だと医者から聞かされて心から後悔したんだ」

そう言った永慶様の手が微かに震えているのが伝わってきた。

「私の勝手で、命の危険にさらしてしまったことだけではない。大きな傷を負わせてしまった」

茶会の時に、まるで準備していたかのように披肩《ひけん》を永慶様が渡してくれた理由がようやく分かった。彼は私の背中に大きな傷があることを最初から知っていたのだ。

「だから、責任を取って朱雀を妻にしようと決めたが、その後の足取りを掴《つか》むことができなかった」

「朱雀は退役させられましたからね」

傷を負った私を見て半狂乱で「退役させる」と騒いだ母の姿が思い出されて、思わず苦笑してしまった。

「都に戻った後も方々探していたのだが、手がかりはなく途方に暮れていた矢先に、朱霞《シュカ》殿から婚儀の話をいただいたんだ」

「お姉様ですか？」

お姉様の名前を聞くだけで、胸が締め付けられるように苦しくなる。

「朱雀と結婚しませんか？　とね」

「お姉様が、何故？」

永慶様が『朱雀』である私のことを探していると、お姉様はどうやって知ったのだろう。

「第三師団の朱雀を嫁にしようとしていたのは、後宮では有名だったからな。それを理由に、数多の婚儀の話も断っていたしな」

「嘘《うそ》……ではありませんね」

「ああ、だが婚儀の席には朱雀ではなく、朱琳という少女が現れて『はめられた』と思ってしまったんだ」

確かに、約束が違うと怒られても仕方ない。

いつも穏やかな永慶様が、婚儀の日の夜に私にひどい言葉を投げかけた理由が分かり、心の中が温かくなるのを感じた。

「だから、婚儀の夜、塔に朱琳が現れた時は、朱雀が現れたと思って泣きそうになったよ」

「そうなんですか？」

大げさな、と小さく笑うと、永慶様は「分かっていない」と小さく拗《す》ねたように呟いた。

「違う娘と結婚した後に、本当に結婚したかった相手が現れたんだぞ？」

思い返してみれば、確かに塔で会った時の永慶様は、驚くほど優しかった。

「でも、それなら、言ってくださればよかったのに」

「朱琳は覚えていなかったから……」

責めるようにそう呟かれて、私は目を丸くする。

「永慶様のことは、単なる護衛の人だと思っていたので」

「だから、朱琳に一から好きになってもらおうと、あの日決めたんだ」

これまでの永慶様の優しさが思い出され、思わず恥ずかしくなるのを感じた。全《すべ》て分かっているような気がしていたが、何も分かっていなかったことに気づかされる。

「この日の時のために、この星空を用意していたんだ」

「それは……、分かりづらいですよ」

安堵《あんど》と嬉《うれ》しさから涙があふれ出すのを感じた。こんなに与えて欲しかった言葉をもらえていいのだろうか。幸せで窒息するならば、きっと私は直《す》ぐに死んでいるだろう。

「朱琳、『星詠みの巫女』でなくてもいい。私の側にいてくれ」

「星詠みの巫女じゃなくていいんですか?」

私は意地悪くそう言うと、永慶様は迷うことなく「勿論《もちろん》だ」と頷いた。

「朱琳が後宮から出たいなら、私もついていこう」

永慶様はそう言うと、遠慮がちに私をそっと抱きしめてくれる。永慶様の香りつつまれ、私は全て満たされていくのを感じた。

「私は後宮で永慶様と都の……、民の灯りを守りたいです」

そう言って永慶様の胸に手を添えて頬を埋めると、速くなった永慶様の鼓動が聞こえてくるようだった。

あとがき

この度は、『後宮の星詠みの巫女』を手に取っていただき、誠にありがとうございます。小早川 真寛です。

本作は書下ろし作品となり、Ｗｅｂ小説とは違う緊張感と共に執筆した作品でもあります。

そんな本作は、タイトルの『星詠みの巫女』からも分かるように、星をテーマにした作品でもあります。文系出身の私からすると、星は「綺麗なもの」「ロマンチックなもの」というふわふわしたイメージが先行していました。そのため「中華ファンタジーとの相性も絶対いいはず！」と安易な発想で、本作の構想が始まりました。ところが、その薄っぺらな知識では、執筆する中で
「あれ？　古代の人って、どうやって天体観測してたの？」

「どんな記録が残っているの？」

「そもそも星座は、今と同じ認識だったの？」

というように次から次へと疑問が出てきてしまいました。

そこで、一から古代天文学などを調べることになったのですが、なかなか大変でした。資料を集めるだけでも大変でしたが、専門的な内容ということもあり、読解に時間がかかりました。今振り返ると、安易に未知の分野に手を出してはいけないということを痛感させられた良い経験でした。

ちなみに、ギリギリまでプラネタリウムや科学博物館にも行ってたこともあり、作業終盤でエピソード追加などをするなど、担当者様には多大なご迷惑をかけてしまいました。

ただ『後宮の星詠みの巫女』の執筆を経て、夜空に広がる星の見え方が少し変わったような気がしました。ぜひ、読者のみな様も機会がございましたら、夜空を見上げ古《いにしえ》の夜空に想いを馳《は》せてみてください。

最後となりましたが、ギリギリまで修正にお付き合いいただきました担当様をはじめ、素敵なイラストで本作を彩ってくださいましたくにみつ様、本作に携わってくださったみな様、誠にありがとうございました。

そして、本作を手に取ってくださった読者のみな様、本当にありがとうございます。

◆参考文献◆

『飛鳥時代の天文学』（斉藤国治著　河出書房新社　一九八二年）
『陰陽道の発見』（山下克明著　ＮＨＫ出版　二〇一〇年）
『呪術と占星の戦国史』（小和田哲男著　新潮社　一九九八年）
『古代文明　天文と巨石の謎』（吉村作治監修　光文社　一九九〇年）
『古天文学の散歩道』（斉藤国治著　恒星社厚生閣　一九九二年）

後宮《こうきゅう》の星《ほし》詠《よ》みの巫女《みこ》
皇太子《こうたいし》争《あらそ》いに負《ま》けたい第七皇子《だいななおうじ》との偽装結婚《ぎそうけっこん》

2025年5月1日　初版発行

著　者■小早川真寛

発行者■野内雅宏

発行所■株式会社一迅社
〒160-0022
東京都新宿区新宿3-1-13
京王新宿追分ビル5F
電話03-5312-7432（編集）
電話03-5312-6150（販売）

発売元：株式会社講談社
（講談社・一迅社）

印刷所・製本■株式会社DNP出版プロダクツ

ＤＴＰ■株式会社三協美術

装　幀■今村奈緒美

ISBN978-4-7580-9721-5

この本を読んでのご意見
ご感想などをお寄せください。

おたよりの宛て先

〒160-0022
東京都新宿区新宿3-1-13
京王新宿追分ビル5F
株式会社一迅社　ノベル編集部
小早川《こばやかわ》真寛《まひろ》 先生・くにみつ 先生